DIE NACHT DER BERSERKER

LEE SAVINO

Übersetzt von
MICHAEL KRUG

KOSTENLOSES BUCH

Hol dir ein kostenloses Exemplar von *Gezeugt von den Berserkern* und *Eine Berserker-Geburt*, indem du dich für meinen Newsletter anmeldest.

Der dritte Teil von Daegans, Brennas und Samuels Geschichte. Lies den ersten Teil in Verkauft an die Berserker *und den zweiten in* Gepaart mit den Berserkern. *Diese Novelle ist kostenlos, ein Geschenk.*

htps://BookHip.com/PKRMGC

DIE NACHT DER BERSERKER

DIE GESCHICHTE DER HEXE YSEULT

Ich habe eine Nacht, um dem Magier gegenüberzutreten
...
Eine Nacht, um ihn zu vernichten ...
Eine Nacht, um den Fluch der Berserker zu brechen ...
Eine Nacht, um sie zu retten...

I ch erwachte auf einem Feld, umgeben von Kriegern. Der Zauber hatte mich an die Schwelle der Festung des Totenkönigs gebracht. Als die Männer mich ergriffen, streckte ich mich nach meiner Macht, doch sie kam mir nicht zu Hilfe. Ich war tausend Jahre von zu Hause weg, Gefangene der Krieger des Totenkönigs, und mir stand keine Magie zur Verfügung ...

DIE NACHT der Berserker ist eine **eigenständige, umgekehrte Haremsromanze** mit **vier riesigen, dominanten Kriegern und der Hexe**, die sie vom Fluch der Berserker befreien muss.

1

YSEULT

Dichter Nebel hing über dem Moor, schwer wie eine allgegenwärtige, herabdrückende Hand, die einem die Luft aus der Lunge presste. Krähen krächzten in den Skeletten der Bäume, die ich passierte. Das abgestorbene Gras und die entstellten Bäume bildeten nur einen weiteren Beweis dafür, wie das Land unter der Macht des Totenkönigs verwelkte und starb.

Der Wind nahm zu, aber ich zitterte nicht, obwohl ich fror. Magie vibrierte durch mich und wärmte mich trotz der Gänsehaut, die meinen Körper überzog.

»Er wird jeden Tag stärker.« Eine meiner jüngeren Schwestern hob den Kopf. »Sogar das Wetter unterwirft sich ihm.«

»Schhh«, wurde sie von einer anderen zum Schweigen gebracht, die sich einen Beutel mit Kräutern vor das Gesicht hielt. Duftende Pflanzen nützten allerdings nicht. Der Gestank des Totenkönigs drang uns bis in die Knochen.

Ich verließ die beiden und steuerte auf die um ein Feuer gebeugten Frauen zu. Meine älteren Hexenschwestern bildeten einen engen Kreis, während eine von ihnen einen

Sprechgesang erklingen ließ. Die Neuen hielten sich zurück und überließen es den Alten, ihre Kräfte zu vereinen und den Zauber zu wirken.

Ich blieb außerhalb des Kreises. Schweigend, obwohl sich meine Lippen mit dem Sprechgesang bewegten.

UND WANN WERDEN wir uns alle wieder begegnen?
Bei Nebel oder Donner oder strömendem Regen?

WENN DER ZAUBER IST VOLLENDET, den wir begonnen,
Wenn die Schlacht ist verloren und gewonnen.

DAS LICHT der Sonne zieht sich zurück und
Mondlicht regiert, wenn Liebe schenkt Glück ...

MEINE STIRN LEGTE sich unter der Last der Magie in Falten. Ich hatte Mühe beim Atmen, als der Zauber einsetzte und sich wie eine Ranke um meinen Körper schlang. Ich schwankte ein wenig, bevor ich den Blick einer meiner älteren Schwestern bemerkte.

»Hierher.« Die Hexe winkte mir zu. Ein ehemals violettes Gewand, mittlerweile nur noch Lumpen, verhüllte ihren Körper. Sie sah aus wie eine verkümmerte Vettel, aber als ich ihre Hand ergriff, kribbelte Macht durch meinen Arm. »Bist du bereit?«

Ich nickte und trat in den Kreis der Hexen. Trotz der elenden Kälte trug ich nur ein dünnes weißes Gewand. Das Haar hing mir offen auf den Rücken. Meine Arme und Füße waren nackt.

»Kind, hast du dich gereinigt?« Die Hexe, die sprach, war die Älteste von uns. Ich war beileibe kein Mädchen mehr, doch für sie würde ich immer ein Kind bleiben.

»Das habe ich«, antwortete ich klar und deutlich. »Mit Wasser und Eisenkraut.«

»Hast du nur Met getrunken, nur Honig gegessen?«

Wieder nickte ich.

»Dann bist du bereit. Du wirst durchs Feuer laufen.«

Ich schluckte und trat vor. Sie hielt meine Hand weiter fest und führte mich entschlossen bis zum letzten Stück vor die Kohlen. Das Feuer würde mich reinigen. Es würde verbrennen, was immer der Zauber berühren könnte. Das war notwendig.

Es kann mir nichts anhaben, hielt ich mir erneut vor Augen, als die Hitze meiner Haut entgegenschlug. Die Hand der Alten half mir und führte mich, aber sollte ich flüchten wollen, würde sie mich festhalten.

Reinigender Rauch schoss zu meinen beiden Seiten empor. Die Hitze erfasste mein Gesicht. Wieder breitete sich ein Kribbeln über meine Haut aus, als ich brannte, ohne zu verbrennen. Das magische Feuer leckte über mich, ohne mich zu berühren.

Als ich es geschafft hatte, atmete ich tief die kühle Luft ein. Ich fühlte mich leichter, leer. Ein Gefäß für den Zauber, für die gewaltige Macht, die meine Schwestern und ich in mein Wesen füllen würden.

»Die Reinigung ist vollendet. Lasset den Zauber beginnen.«

Ich nahm meinen Platz auf dem kalten Stein ein, während sich meine Schwestern um mich versammelten. Greise Hände hoben sich. Die jüngeren Novizinnen scharten sich mit geneigten Köpfen dahinter, zum Schutz beieinander eingehängt.

Ich beruhigte meine Atmung und kehrte den Blick nach innen.

Ich schaffe das.

Von all meinen Hexenschwestern verkörperte ich die beste Wahl, da ich sowohl mit Kraft als auch mit Jugend gesegnet war. Ich musste die Aufgabe bewältigen. Dieser Zauber stellte unsere letzte Hoffnung dar.

Ich wusste nicht, wie lange ich auf die Magie wartete. Eine Minute, eine Stunde, einen Tag und eine Nacht?

Als sie kam, fühlte es sich an, als wäre es schon immer so gewesen.

Die Macht stieg um mich auf, wirbelte durch meine Kleidung, breitete sich dicht über meine Haut aus wie Wasser und brannte dabei wie Feuer. Falls in mir noch Unreinheit steckte, würde der Zauber sie zerstören – und mich gleich mit. Ich öffnete die Augen und begegnete dem stechenden Blick der alten Hexe.

Ich schaffe das.

Der Wind legte zu und schwoll zu einem mächtigen Geheul an, als der Totenkönig gegen unsere Abwehr anstürmte. Der äußere Kreis der Novizinnen taumelte, bevor sie das Gleichgewicht zurückerlangten. Die älteren Hexen senkten die Arme. Der Himmel über ihnen lichtete sich, der düstere Nebel verschwand. Der nächtliche Himmel breitete sich vor mir aus wie ein schwarzer, mit funkelnden Juwelen besetzter Teppich, etwas verschwommen um die Ränder, wo sich bereits die ersten Anzeichen der Morgen-dämmerung abzeichneten. Die Sterne schimmerten und wirbelten in einem ewigen Tanz. *Beeil dich*, schienen sie zu sagen. *Reise vor dem Morgengrauen mit uns.*

Ich atmete tief durch, hieß die Macht willkommen und erhob mich zu den Sternen.

2

TRISTAN

I ch erhob mich mit dem Schwert in der Hand und schwang es über dem Kopf, um die krächzenden Raben zu vertreiben. Von dort, wo ich stand, erstreckte sich ein endloses Schlachtfeld, das nach Tod und Blut stank. Meine Kriegerbrüder lagen um mich herum, die Gesichter verdreckt, die Rüstungen rot verschmiert, die Waffen von reglosen Händen umklammert. Ich ging durch das Feld der Gefallenen und hielt inne, als ich zu meinen Füßen ein verzweifeltes Japsen vernahm. Ein Krieger krümmte sich im Schlamm. Seine Eingeweide quollen aus der klaffenden Wunde in seinem Bauch. Er lag im Sterben und erstickte an seinem eigenen Blut. Große, schmerzerfüllte Augen starrten mich flehentlich an. Meine Lippen bewegten sich mit einem vergessenen Gebet, als ich das Schwert nach unten stieß und sein Leiden beendete. Eine Weile verharrte ich und hielt ihm die Krähen vom Leib. Sein junges, blutverschmiertes, von hellblondem Haar umrahmtes Gesicht kam mir bekannt vor, aber so sehr ich mich zu erinnern versuchte, mir fiel sein Name nicht ein.

In meinem Traum marschierte ich weiter, bis ich den Anblick der Toten nicht mehr ertragen konnte. Ich rannte los, hielt auf den dunklen Wald am Rand des Felds zu. Dort drang ich in ein

Dickicht vor und hackte mit dem Schwert um mich, als dorniges
Gestrüpp an meinem Gesicht kratzte. Als ich daraus hervorbrach,
sichtete ich zwischen den Bäumen hindurch ein silbriges Licht.
Eine Frauenstimme rief meinen Namen.

Tristan, Tristan.

Der hohe, süße Ton klang so vertraut.

Die Schatten teilten sich, und das Mondlicht funkelte auf
einem Teich im Wald. Eine Frau drehte sich um. Weißgoldenes
Haar wallte um ihr Gesicht, und ich erhielt die Antwort auf
meine Gebete.

ABRUPT ERWACHTE ich mit der Stimme der Frau im Kopf. Ich
ließ die Augen geschlossen und versuchte, ihr Gesicht
heraufzubeschwören. Aber wie in dem Traum mit dem
Teich im Wald und dem silbrigen Mondlicht entzog es
sich mir.

Männerstimmen murmelten in den Kasernen. Jemand
erzählte eine Geschichte. Wahrscheinlich Lars. Als er sie
beendete, lachten die anderen.

Ich setzte mich auf, griff nach meiner Waffe und
meinem Helm und verspürte Erleichterung. Ich war am
Leben und mit vielen meiner Kriegerbrüder zusammen.
Aber als ich mich von meiner Pritsche erhob, um mich
ihnen beim Frühstück anzuschließen, hatte ich immer noch
den üblen Geruch aus meinen Träumen in der Nase und
hörte das Summen der Fliegen, die sich an den Toten
gütlich taten.

3

YSEULT

Der Zauber erfasste und verrenkte mich. Ich schrie auf, als er mich zerriss. Meine Sicht wirbelte davon, die Sterne erloschen. Das Tosen der Zeit, der nahenden Morgendämmerung füllte meine Ohren aus.

Der Ansturm schleuderte mich in Schwärze.

Ich erwachte durch sanftes Sonnenlicht auf meinem Gesicht. Gelandet war ich auf dem Rücken. Mein gesamter Körper schmerzte. Als ich den Kopf drehte, kitzelten Blumen meine Wange. Über mir blauer Himmel, um mich herum ein Feld voller Wildblumen. Kein Nebel, kein unreiner Gestank. Meine Hexenschwestern waren zusammen mit dem Feuer und den kahlen Bäumen verschwunden.

Der Zauber hatte gewirkt. Er hatte mich ... irgendwohin geschickt. Konnte es der Ort sein, an den mich die Alten schicken wollten?

Als ich im Liegen die Ohren spitzte, beschlich mich das Gefühl, dass irgendetwas fehlte. Während ich beobachtete, wie der Wind die neuen Blätter an den Bäumen zum

Rascheln brachte, dämmerte mir, was nicht stimmte. Ein Tag wie dieser sollte von Gesang erfüllt sein – aber es herrschte Stille. Wo waren die Vögel?

In der Nähe murmelten Stimmen. Männliche Stimmen. Langsam setzte ich mich auf.

Am anderen Ende des Felds stand eine Burg, neben deren mächtigen Mauern sich die Bäume geradezu klein ausnahmen. Ein paar Gestalten bewegten sich in den Schatten, doch sie befanden sich weit genug entfernt, um keine Bedrohung für mich darzustellen.

Meine unmittelbarere Sorge galt den beiden Kriegern, die sich den Weg durch das dichte Gras bahnten. Ihre Waffen klirrten, als sie sich näherten. Nur noch wenige Schritte, dann würden sie mich mühelos sehen.

Ich entsandte die Sinne nach meiner Rabengestalt und wartete auf das vertraute Rascheln des Gefieders, das mir versicherte, dass ich mich verwandelt hatte. Ich könnte mich einfach in die Lüfte erheben und außer Reichweite fliegen, hoch hinauf zu einem Plätzchen, von dem aus ich diese unbekannte Landschaft in Augenschein nehmen könnte. Sobald ich mir einen Überblick verschafft hätte, könnte ich mich um meine Mission kümmern.

Das Gemurmel der Krieger wurde deutlicher, ihre Kettenhemden rasselten warnend.

Komm. Ich strecke mich nach meiner Macht und flüsterte den Zauber.

Nichts.

Meine Finger tasteten über den Boden, krallten sich verzweifelt in die Erde, als könnte sie sich auftun und mich verstecken. Immer noch kam die Rabengestalt nicht über mich. Ich fühlte mich müde, ein wenig benommen, aber nicht so sehr, dass ich meine Magie nicht wirken konnte.

Aber als ich mich nach innen wandte, um meine Macht anzuzapfen, spürte ich nichts.

Wie betäubt und mit rasendem Herzen verharrte ich erstarrt, als die Krieger auf mich zukamen.

4

IVAR

Der Geruch stieg mir in die Nase, sobald ich aus dem Schatten der königlichen Festung trat. Süß wie eine Blume, aber fremdartig. Meine Füße steuerten fast sofort darauf zu. Und obwohl ich nicht erwähnte, warum ich das Feld vor der Festung überqueren wollte, war Lars guter Dinge und leicht zu überreden, mich zu begleiten.

»Schöner Tag«, merkte Lars an, der sein Schwert benutzte, um ein paar Gänseblümchen die Köpfe abzuhacken. Ich brummte zustimmend und folgte weiter der Fährte, während ich so tat, als hätte ich kein bestimmtes Ziel.

»Du bist ziemlich still.« Mein hellhaariger Bruder stupste mich mit dem Ellbogen.

»Ich habe letzte Nacht wieder geträumt.«

»Du träumst immer.«

»Diesmal war es anders«, murmelte ich. Je näher wir der grasbewachsenen Senke vor den Bäumen kamen, desto stärker wurde der Geruch und desto klarer mein Kopf.

»Die Frau? Du musst ins Dorf und eine Frau für dich finden.«

»Ich will keine Frau.«

Lars schnaubte höhnisch. »Richtig, lieber eine Phantomgestalt. Eine Fantasie einsamer Nächte. Eine ordentliche Rammelei wird dir solche Flausen austreiben.« Als ich nichts erwiderte, um mich zu verteidigen, sah er mich an und schaute wenig schuldbewusst drein. »Wie oft hast du schon von ihr geträumt?«

»Es ist mehr als ein Traum.«

Wieder schnaubte Lars und setzte dazu an, mich aufzuziehen. Plötzlich jedoch erstarrte er mit offenem Mund. Er hatte denselben Geruch aufgeschnappt.

»Hast du ...«

»Komm mit«, fiel ich ihm ins Wort und beschleunigte die Schritte, da ich nun wusste, dass ich es mir nicht eingebildet hatte.

Und dann sah ich sie. Eine Maid mit nackten Armen. Blass. Weißgoldenes Haar umrahmte ihr Gesicht. Das plattgedrückte Gras der Wiese umgab sie wie ein Heiligenschein, als sie mit großen Augen zu mir hochstarrte.

»Was ist das hier?« Lars trat mit gezückter Waffe vor. Ich fing seinen Arm ab, bevor er angreifen konnte. Die Frau sah ihn nicht einmal an. Sie war zu beschäftigt damit, mich anzustarren.

Ich hatte das Gefühl, ihr Name würde von meinen Lippen dringen, wenn ich den Mund öffnete. Denn obschon wir uns noch nie begegnet waren, hatte ich sie schon tausendmal gesehen. Die Frau im Gras war die Herrin aus meinen Träumen.

YSEULT

W as ist da hier?«, blaffte der Krieger. Ich brauchte einen Moment, um die Worte zu entziffern. Der Takt der Sprache fühlte sich ungewohnt an, die Wörter klangen schroff und kehlig. Bevor ich mich aufrappeln und fliehen konnte, drückte ein Stiefel meine Hüfte nieder.

Als ich mich wegrollen wollte, vibrierte das Knurren des Kriegers durch meinen Körper. Ich erstarrte im Gras wie ein Vogel vor einem Raubtier.

»Wer dringt hier unbefugt ein?« Der Hellhaarige beugte sich über mich. Seine rauen Hände packten meinen Arm und zogen mich auf die Beine. Wieder rief ich meine Magie zu mir, tastete verzweifelt danach. Aber dort, wo sonst meine Macht lebte, herrschte Leere.

»Eine Frau.« Der Blick der dunklen Augen des bärtigen Kriegers schienen mich zu durchbohren. Ein Schauder durchlief mich, als wäre auf mich eingestochen worden.

Ich schloss die Augen, beschwor erneut meine Macht herauf und fühlte ... nichts.

»Nur eine Frau.« Klobige Finger strichen mir das Haar zurück. Ich schrak von der Hand weg. *Göttin, steh mir bei.*

Dann nahm ich es wahr. Ein vertrauter Gestank schlug mir pulsierend entgegen. Schwach zwar, aber unverkennbar, und er kam aus der Festung. Ich hätte ihn überall erkannt. Hier hauste der Totenkönig.

Der hellhaarige Krieger zog mich nah zu sich. Ich senkte den Kopf, ließ mir das Haar wieder ins Gesicht fallen, um es vor dem Blick des Dunkelhaarigen zu verbergen. »Komm mit, kleine Gefangene. Der Befehlshaber wird dich befragen wollen.«

Er zog mich vorwärts, und als ich zu stolpern drohte, stützte mich sein Begleiter am Arm. Zusammen schleiften sie mich zu den mächtigen Mauern und dem dahinter pulsierenden Bösen. Je näher wir kamen, desto schlimmer wurde das Pochen in meinem Schädel.

Göttin, hilf mir, betete ich abermals und ließ schweigend den Kopf hängen.

Der Zauber hatte auf seine eigene, schreckliche Weise gewirkt. Er hatte mich zum Totenkönig befördert. Ich war am Fuß seiner Festung erwacht. Seine Krieger hatten mich in der Gewalt.

Allerdings war ich meiner Fähigkeiten beraubt, entweder durch den Zauber selbst oder die Abwehrvorkehrungen des Hexers. Ich war machtlos.

Was immer mir der nächste Tag und die nächste Nacht bescheren mochten, ich würde mich dem ohne meine Magie stellen müssen.

LARS

Die Frau war meinem Bruder und mir nicht gewachsen. Ihr dünner Arm fühlte sich zerbrechlich in meinem Griff an. Als sie stolperte, verstärkte ich den Halt an ihr. Meine Züge blieben verkniffen, als wir auf die Festung zumarschierten. Wer war diese Frau, dass es ihr gelungen war, sich so nah vor die Tore unseres Lehnsherrn zu schleichen?

Ruhig, Lars, sprach Ivar in meinem Kopf. *Sie ist keine Bedrohung.*

Beinah hätte ich zur Antwort geknurrt. Mein mir innig verbundener Bruder konnte in meinen Gedanken mit mir sprechen. Das gehörte zu den übernatürlichen Fähigkeiten, die er von seiner Mutter geerbt hat. Ich besaß diese Gabe nicht.

Als die Frau in meinem Griff erschlaffte, umhüllte mich ihr Duft. Ich atmete tief ein und genoss den berauschenden Wohlgeruch.

Nun wusste ich, warum sich Ivar so seltsam verhalten hatte. Er hatte die Frau gewittert und gewartet, dass ich es auch tat. Ich hasste es, wenn er Geheimnisse vor mir hatte.

Entschuldige, Bruder. Ich war mir nicht sicher, was ich gewittert hatte. Es war nicht böse gemeint.

Seine verhaltene Höflichkeit weckte in mir den Wunsch, lauter zu knurren. Unsere Gefangene sah schwach aus, aber ihr vertrautes Gesicht und ihr Geruch kennzeichneten sie als seltsam. Sogar als gefährlich.

Ihr Duft sorgt für klaren Verstand – wie kann das eine Gefahr sein?

Dieses Mal knurrte ich tatsächlich laut. Irgendetwas stimmte nicht. Magie lag in der Luft.

Ich hielt so jäh an, dass ein Ruck durch unsere Gefangene ging. Sie biss sich auf die Unterlippe, schrie aber nicht auf.

»Sachte«, mahnte mich Ivar, als ich das Kinn der Frau ergriff.

»Wer bist du?«

Sie antwortete nicht, aber ihre Augen schienen zu leuchten, als sie mich finster anstarrte. Sie war ansehnlich, wenngleich etwas zu dünn. Ihre Züge waren ausgeprägt, fast zu scharf geschnitten und wild, um sie als schön zu bezeichnen. Und doch verbanden sich der breite Mund, die hellen Augen und der Schopf weißgoldener, auf den Rücken hängender Haare zu einem anmutigen Gesamtbild.

»Lars?«, fragte Ivar leise, und mir wurde bewusst, dass ich sie angestarrt hatte.

»Wer bist du? Warum bist du hergekommen?« Angesichts ihrer sturen, stummen Züge fühlte ich mich hilflos. Ein Gefühl, das ich nicht leiden konnte. Sie kam mir so bekannt vor. Wo konnte ich sie schon einmal gesehen haben?

»Du wirst es mir sagen.« Ich schüttelte sie, was sie schweigend ertrug. Stärker, als sie aussah.

»Bruder.« Ivar trat mir gegenüber. »Was ist los?«

»Irgendetwas stimmt nicht.« Mein Kopf fühlte sich klarer an als seit Monaten. Vielleicht seit Jahren. Jeden Tag erwachte ich mit einem Summen im Kopf – an manchen Tagen war es so laut, dass ich kaum denken konnte. Es war immer vorhanden, sogar an Tagen, an denen es mir gelang, nicht darauf zu achten.

Doch sobald ich dieser Frau gewittert hatte, war das Geräusch verschwunden.

Ein Ruf von den Toren der Burg verriet mir, dass man uns gesichtet hatte. Ein Kontingent von Gardisten marschierte uns entgegen, zweifellos, um unsere Gefangene in Augenschein zu nehmen.

Lars, hör mir zu. Heute Morgen habe ich einen vor Schmerz heulenden Mann gehört, sprach Ivar in meinen Gedanken. *Das Geheul hat mich geweckt. Ich musste meinen Mund berühren, um mich zu vergewissern, dass es nicht von mir selbst kam.*

Ich presste die Lippen zusammen. Ich wusste, was er meinte. Jeden Mond wurden mehr Krieger wahnsinnig. Es war der Fluch, den wir in uns trugen.

Diese Frau ... hat etwas Besonderes an sich. Ivar strich sich über den Bart.

»Das kennzeichnet sie als seltsam«, sagte ich barsch. Wir beide musterten unsere Gefangene mit ihrem blassen Gesicht und dem wilden, blonden Haar. Ihre Stirn legte sich in Falten, als litte sie Schmerzen, ihre grauen Augen wirkten glasig. Übernatürlich. Man könnte sie leicht für ein Feenwesen halten, das in eine andere Welt gefallen war.

Und nun ist sie unserer Gnade ausgeliefert, beendete Ivar meinen Gedanken. Ich richtete meinen finsteren Blick auf ihn. Manchmal glaubte ich, er konnte mir nicht nur seine Gedanken mitteilen, sondern auch meine lesen. Abwehrend hob er die Hände. Dann erreichte uns die Gruppe der Krieger.

»Lars, was hast du gefunden?«, fragte der namens Gaul.

Zögerlich drehte ich mich um, trat zwischen ihn und die Frau, schirmte sie ab. Ein Teil von mir wollte sie beschützen. Dabei hatten mein eigenes Misstrauen und mein überstürztes Handeln sie den Händen der Garde des Königs ausgeliefert. Wenn der Befehlshaber sie als gefährlich erachtete, würden die Krieger sie in Stücke reißen.

Ich achtete auf einen unbeschwerten Tonfall. »Eine süß duftende Blume. Ivar und ich haben sie in der Nähe der Burg unseres Herrn gefunden.«

»Sie riecht wirklich ungemein süß.« Gaul schmunzelte. »Was ist sie?«

»Ein übernatürliches Wesen.« Ich zuckte mit den Schultern, und die Krieger lachten.

»Nichts dergleichen. Eine Herrin«, ergriff Ivar das Wort, und beim Klang seiner Stimme fuhr der Kopf der Unbekannten jäh herum.

YSEULT

Eine Stimme drang durch das Pochen in meinem Kopf. Ein Mann mit dunklem Bart sprach zu mir. Braune Augen blickten forschend in meine. Ich war von Kriegern umgeben. Sie trugen Helme aus gehämmertem Metall, die in der Sonne matt schimmerten. Raue Hände hielten mich fest.

»Antworte uns«, raunte jemand – der Blonde, der mich im Griff hatte. Ich war zwischen zwei Kriegern gefangen. Einer hatte langes blondes Haar, der andere eine dunkle Mähne, dunklere Haut und einen kurz gestutzten Bart.

»Was?« Erleichtert stellte ich fest, dass ich noch eine Stimme besaß.

»Was machst du hier?«

Ich leckte mir die Lippen. »Bitte, ich habe nichts Böses im Sinn.«

»Macht Platz für den Befehlshaber«, rief jemand. Die Krieger vor mir teilten sich für einen, der sie alle überragte und einen glänzenden Helm und einen roten Umhang trug. Alle außer den Männern, die mich festhielten, salutierten, indem sie mit den Fäusten auf die Brustpanzer klopften.

»Seht, was wir gefunden haben«, rief ein Krieger.

»Befehlshaber.« Der bärtige Mann trat vor. Seine tiefe Stimme klang beinah melodisch und beruhigte mich. »Lars und ich waren auf Patrouille und sind auf diese Frau gestoßen. Wir haben Grund zu der Annahme, dass sie sich lediglich verirrt hat und dem Zuhause unseres Herrn zu nah gekommen ist. Sie ist keine Bedrohung.«

»Ach nein? Habt ihr sie schon verhört?«

»Sie scheint gerade aus dem Schlaf erwacht zu sein. Sie ist verwirrt.« Der dunkelhäutige Mann legte eine Hand auf meine Schulter und drückte sie sanft. Zur Beruhigung? Oder als Warnung?

Ich schwieg und hoffte, der Befehlshaber würde mich für schwer von Begriff halten.

»Ich verstehe. Allerdings habe ich noch nie von einer Dorfbewohnerin gehört, die sich so nah zur Festung des Königs wagt. Jedenfalls nicht freiwillig.« Der Befehlshaber musterte mich eingehender. Unsere Blicke begegneten sich, und mich durchlief ein Ruck. Danach zu urteilen, wie sich die Augen des Befehlshabers weiteten, spürte auch er es – einen Anflug von Macht. Ich streckte mich danach, aber sie tänzelte davon und ließ mich erzittern, als wäre ich gestochen worden. Ich biss mir auf die Unterlippe, um nicht zu schreien.

»Ihr sagt, sie hat einfach auf dem Feld gelegen?«, fragte der finster dreinschauende Mann zur Linken des Befehlshabers.

Indes lehnte sich der Anführer näher, neigte den Kopf und atmete tief ein. »Was ist das für ein wunderbarer Duft?«

»Befehlshaber, wenn du gestattest ...«, begann Ivar und verstummte, als sein Anführer eine Hand hob.

»Bringt sie in mein Zelt.« Damit wandte sich der

Befehlshaber ab und ging voraus. Sein Umhang wallte hinter ihm her.

»Tja, Frau. Jetzt steht dir was bevor«, meinte der grausame Krieger mit rauer Stimme. Er packte mich am Arm und zog mich vorwärts. Mein Fuß stieß gegen einen Stein, und ich schrie auf.

»Vorsichtig«, befahl der Anführer und schaute mit mürrischer Miene zurück. Durch den Schlitz in seinem glänzenden Helm begegnete mir der Blick brauner Augen.

Während ich mich von den Männern weiterschleifen ließ, tastete ich immer noch verzweifelt nach einem Schutzzauber. Der Verlust meiner Magie fühlte sich an, als hätte man mir ein Glied abgeschnitten, das ich weiterhin zu benutzen versuchte. Wie lange war es her, dass ich gespürt hatte, wie mich die Macht durchströmte, darauf wartend, meine Bedürfnisse zu befriedigen? Ich fühlte mich nackt, entblößt.

Die Männer trugen mich zu einem Zelt am Rand des Felds. Neben der Festung aus Stein nahm es sich winzig aus. Weitere Krieger standen in Formation umher. Das Gras war zertrampelt, Blumen gab es keine mehr.

»Hinein«, befahl der Anführer mit einem Wink. Als er zur Seite trat und die Zeltklappe aufhielt, wusste ich plötzlich, was er war. Sein Helm glich jenen von Kriegern, die ich auf alten Wandmalereien gesehen hatte. Man nannte sie Zenturionen. Anführer von Männern. Eroberer.

Entweder hatte mich der Zauber in ein Land gebracht, in dem sich die Männer wie Krieger aus früheren Zeiten kleideten, oder ich war tausend Jahre in der Zeit zurückgereist. Ich vermutete Letzteres. Mein Magen krampfte sich zusammen. Plötzlich würde ich keine Schwäche mehr vortäuschen müssen.

Der Befehlshaber verschränkte die Arme vor der Brust.

Eine lange Weile betrachtete er mich nur. »Ihr könnt gehen«, sagte er zu den drei anderen Kriegern.

»Herr ...«

»Sofort, Gaul«, befahl der Anführer. »Ich kann eine Frau überwältigen.«

Es wurde wieder mit auf die Brust geschlagener Faust salutiert, dann gingen sie, begleitet vom Flattern des Zeltstoffs.

Der Anführer sah mich nicht an, trotzdem spürte ich seine neugierige Aufmerksamkeit wie eine borstige Berührung mit scharfen Kanten. Ein Schauder durchlief mich.

»Wer bist du?«

Ich verschloss die Augen vor seiner Stimme. Sie klang irgendwie vertraut, tauchte tief in mich ein und brachte mich innerlich ins Taumeln.

»Wenn du mir nicht antworten willst, muss ich eine Möglichkeit finden, dir die Zunge zu lockern.«

Ich sah mich im Zelt um. Ein unangezündetes Kohlenbecken. Eine Rüstung, gefertigt auf eine Weise, wie ich sie noch nie zuvor gesehen hatte. Ich befand nicht mehr in meinem eigenen Land, nicht mehr in meiner eigenen Zeit.

Oh Göttin, hatten meine Schwestern gewusst, was passieren würde, wenn sie den Zauber wirkten? Was hatten sie getan?

Ich schwankte auf den Beinen. Irgendwie musste ich bei klarem Verstand bleiben. Ich musste überleben.

»Setz dich.« Der Befehlshaber deutete auf eine Bank.

Als ich zu ihm aufsah, überrascht von seiner Höflichkeit, zuckte er mit den Schultern. »Wenn du mitspielst, bewahre ich dich vor Schaden.« Er deutete mit dem Kopf erneut auf den Sitz, und ich nahm wie benommen darauf Platz. Er log nicht.

»Wer bist du? Warum treibst du dich so nah an der Festung des Königs herum?«

Ich räusperte mich. »Welcher König?«

»König Lycaon.«

Langsam nickte ich. Den Namen hatte ich schon in den Überlieferungen gehört, die meine Schwestern ausgegraben hatten. Es war einer der Namen des Totenkönigs.

»Bist du fremd hier oder zurückgeblieben? Das sind die einzigen Gründe, die mir einfallen, warum du den Namen meines Herrn nicht kennen könntest.«

»Wo bin ich?«, fragte ich.

Er nahm den Helm ab. Dunkles Haar, dunkle Augen, ein ausdrucksstarkes Gesicht, hohle Wangen, eine Spalte im Kinn.

Ich erschrak. Irgendwie kam er mir auf unerklärliche Weise bekannt vor. Er starrte mich an, als empfände er genauso. Aber das war unmöglich. Wer auch immer dieser Mann sein mochte, er hatte ein Jahrtausend vor meiner Geburt gelebt und war längst gestorben.

»Hast du dich verirrt?«

»Ich bin auf Reisen«, antwortete ich langsam. »Und dabei vom Weg abgekommen.«

»Und da legst du dich einfach zum Schlafen auf ein Feld?«

Ich antwortete nicht auf seine spöttische Frage.

»Wie heißt du?«

Ich zögerte. Namen bargen Macht. Aber hier, an diesem Ort, besaß ich keine. »Yseult. Und du?«

Auch er zögerte, wenngleich aus einem anderen Grund, das spürte ich. »Tristan«, verriet er schließlich widerwillig, als wäre es ein fremder Name. Als hätte er ihn beinah vergessen.

»Und du bist der Befehlshaber der Armee des Königs?«

Er stellte einen Stiefel auf die Bank neben mir und beugte sich näher. »Wieso will eine schlichte Maid das wissen?«

»Ich möchte den Rang meines Häschers erfahren.«

»Dein Häscher ist der König selbst. Ich handle an seiner statt. Und ich frage dich noch einmal: Was willst du hier?«

»Ich verspreche, ich will dir nichts Böses.«

»Das entscheide ich.« Abrupt richtete er sich auf. »Wachen«, rief er. Als ich mich durch die Zeltklappe nach draußen duckte, traten der Blonde und der Dunkle an meine Seiten und packten mich an den Armen. Tristan stapfte aus dem Zelt. »Bringt sie mit mir.«

»Befehlshaber ...«, meldete sich der Dunkle zu Wort.

»Ja?« Der Blick des Anführers heftete sich auf den Mann. Obwohl er mich nur streifte, spürte ich das Gewicht dahinter. Dieser Mann besaß Macht.

Der dunkle Krieger hielt dem deutlichen Unmut seines Befehlshabers stand. »Wohin bringst du diese Frau?«

»Sie ist in das Land unseres Herrn eingedrungen. Sie könnte eine Spionin sein.« Der Befehlshaber verstummte kurz. »Verteidigst du sie, Ivar?«

Der blonde Krieger an meiner Seite sah seinen Gefährten mit gerunzelter Stirn an.

Ivar überlegte einen Moment lang ab, bevor er antwortete. »Nein.«

»Dann komm.« Der Umhang des Befehlshabers wallte, als er sich in Bewegung setzte.

TRISTAN

Sonnenlicht erfasste das Haar der Frau und verwandelte es in weiße Flammen. Das Licht flackerte um ihr Gesicht. Die hellen Augen, die scharf geschnittene Nase und der breite Mund schienen mich zu verhöhnen. Das Gefühl, sie zu kennen, entfernte sich tänzelnd. Zuerst hatte ich es verdrängt. Aber als sie den Mund geöffnet und das Wort ergriffen hatte ... hörte ich die Stimme, die mich nachts verfolgte wie einen Widerhall aus meinen Träumen.

Tristan. Jeden Abend rief sie nach mir. Ohne sie hätte ich meinen Namen vor langer Zeit vergessen.

Manchmal fragte ich mich, ob Vergessen nicht einfacher wäre. Es war gefährlich, zu hoffen. Es war gefährlich, zu fühlen.

»Befehlshaber«, sagte Ivar an meinem Ellbogen leise. Ich begegnete dem ernsten Blick meines Halbbruders. Unter dem Bart bildete sein Mund eine besorgt verkniffene, schmale Linie. »Sei vorsichtig. Diese Frau ist mehr, als sie zu sein scheint.«

»Ich weiß. Ich werde all ihre Geheimnisse aufdecken.«

»Sei vorsichtig«, wiederholte Ivar. »Manche Dinge bleiben am besten im Verborgenen.«

Ich dachte darüber nach. Ivars Mutter hatte die Gabe der Weitsicht besessen. Ich fragte mich oft, wie viel davon auf ihren Sohn übergegangen war. »Weißt du etwas über sie?«

Er verlagerte das Gewicht von einem Fuß auf den anderen. »Sie ... kommt mir bekannt vor.«

»Mir auch«, erwiderte ich, bevor ich über die Worte nachdenken konnte. Ich wollte die Einzelheiten meines Traums mit niemandem teilen. Nicht einmal mit Ivar, der sie von all den Kriegern, die ich anführte, vielleicht am besten verstehen könnte. »Das ist seltsam, oder?«

»Aber ...« Ivar schaute weg, als er sich bemühte, die Frau zu verteidigen. »Das musst nichts bedeuten. Vielleicht habe ich sie in einem Dorf gesehen. Eine gewöhnliche Frau. Wir sollten sie gehen lassen.«

»Nichts an ihr ist gewöhnlich.«

Ivars Schultern sackten herab. Er wusste, dass es stimmte.

»Sie hat es fast bis zu den Toren der Festung unseres Herrn geschafft, ohne gefasst zu werden. Und in ihrem Geruch schwingt etwas Übernatürliches mit.« Nicht übernatürlich – wunderschön. Aber nach etlichen Tagen unter der Last des Gestanks von dunkler Magie war ein sauberer, frischer Geruch verdächtig. Wer solche Erleichterung brachte, musste in der Tat mächtig sein. »Ich kann sie nicht einfach laufen lassen.«

Nach einem langen, forschenden Blick nickte Ivar. Ich befahl den Männern mit einem Zeichen, unsere Gefangene zu fesseln, während ich mich dafür wappnete, die Frau verhören, die mehr war, als sie zu sein schien. Wenn ich es laut genug täte, würde sich Gaul vielleicht beschwichtigen lassen. Vielleicht könnte ich sie dann laufen lassen, ohne dass die Gefahr bestünde, dass er ihre Anwesenheit meldete. Im Augenblick lief er im Schatten der Burgmauer auf und ab. Grausame Erregung sprach aus seinen Zügen, als Lars und Ivar die Frau zum Schandpfahl führten, um sie daran festzubinden. Einer der beobachtenden Krieger zückte eine Peitsche und schnalzte damit. Der Knall ließ die Frau zusammenzucken, aber sie gab keinen Laut von sich. Gaul lächelte gehässig.

Ich bedeutete den umstehenden Kriegern, dass sie gehen und ihre Plätze einnehmen sollten. Meine eigene Peitsche trug ich eingerollt am Gürtel. Ich wollte sie nicht benutzen, doch ich würde es tun, wenn es sein musste. Es erschien mir besser, das Verhör eindrucksvoll zu gestalten. Besser, wenn meine Peitsche Antworten aus ihr herausholte als die eines anderen. Besser, wenn sie die volle Wucht meiner Befragung erduldete als die des Königs.

YSEULT

Am Fuß der großen Mauer stand ein Gerüst, an dem ein einziges Seil hing. Der blonde Krieger hielt mich fest, während sein Gefährte das Seil um meine Handgelenke wickelte. Dann traten sie zurück und zogen am Seil, bis meine Arme so hoch über den Kopf gestreckt waren, dass meine Zehen den Boden kaum noch berührten. Ich hing da wie ein Stück Fleisch, ganz der Gnade des Befehlshabers ausgeliefert.

Tristan schritt um mich herum. Sein karmesinroter Umhang wallte hinter ihm her. Er trug wieder seinen Helm, der ihn grausam und unnachgiebig aussehen ließ.

Ich biss mir auf die Unterlippe und tastete mit dem Fuß nach einem Stein oder Grasklumpen, um das Gewicht darauf zu verlagern und mir ein wenig Erleichterung zu verschaffen.

Minutenlang beobachteten die Gardisten meinen Kampf. Der Mund des Mannes, den sie Gaul nannten, verzog sich zu einem spöttischen Lächeln. »Das ist die Stelle, an der du betteln solltest«, rief er herüber.

Worum sollte ich betteln? Um mein Leben? Ich hatte ein

Ziel vor Augen. Der Zauber meiner Schwestern hatte mich durch die Zeit befördert. Sie warteten auf der anderen Seite, aber nicht auf meine Rückkehr. Ich musste nur lange genug überleben, um ihnen das Wissen zu übermitteln, wie man den Totenkönig besiegen konnte.

Der Befehlshaber packte eine Handvoll meiner Haare und zog meinen Kopf zurück.

»Bitte«, flüsterte ich. Im Vollbesitz meiner Kräfte könnte ich diese Männer allesamt im Nu zu Boden schleudern.

»Warum bist du hergekommen?«

»Ich wurde geschickt. Ich will euch nichts tun.«

»Bist du mit einem Tribut gekommen?«

Ich schüttelte den Kopf.

»Wo sind deine Leute?«

»Wir wurden getrennt.«

»Hat man dich aus einem bestimmten Grund hierher gebracht?«

Ich konnte nicht lügen. Also biss ich mir auf die Unterlippe.

Mein Fragesteller rüttelte ein wenig an meinen Haaren. »Hast du vor, dieser Festung Schaden zuzufügen?«

Ich schüttelte den Kopf. Nicht der Festung, auch nicht den Kriegern darin. Ich wurde nicht einmal geschickt, um dem Totenkönig etwas anzutun, denn dadurch könnte die Zeit aus dem Gleichgewicht geraten. Ich hatte ein Ziel, ein einziges: den Zauber zu finden, der den Magier aufhalten konnte, und ihn in meine eigene Zeit zu bringen. Ich musste nur lange genug überleben, um die Botschaft an meine Schwestern zu übermitteln.

An diesem Vormittag durfte ich nicht sterben. Noch nicht.

Der Befehlshaber ließ mein Haar los und streichelte es nachdenklich. Mein Zopf hatte sich gelöst, aber zumindest waren die Locken noch sauber. Größtenteils. Er zupfte ein paar verdorrte Grashalme heraus.

»Was für Leute schicken eine unschuldige junge Frau zum Spionieren?« Tristan überlegte.

»Sie sagt die Wahrheit«, meldete sich der dunkle Krieger zu Wort. Ivar, so nannten sie ihn. Er beobachtete mich immer noch eingehend. Seine Augen blinzelten nicht, wie die eines Raben. Ich mied seinen Blick, damit er nicht mehr sehen würde, als ich wollte. »Bis jetzt hat sie nicht gelogen.«

»Vielleicht war sie ein Teil des Tributs ihres Volkes«, schlug der blonde Krieger vor. »Sie ist eine Maid. Unberührt.«

Tristan gab einen höhnischen Laut von sich und ging davon, der Blonde hingegen kam näher.

»Lars.« Ivar klang warnend. Und obwohl der blonde Krieger jäh innehielt, wirkte er mit jedem verstreichenden Herzschlag interessierter an mir. Er hob den Kopf und schnupperte.

»Hast du je einen so zarten Duft wahrgenommen? Er ist berauschend.« Lars wagte sich mit einem benommenen Ausdruck im Gesicht näher. Meine Füße scharrten über die Erde, als ich versuchte, wegzutänzeln. Irgendetwas geschah – etwas, das ich nicht verstand. Der blonde Krieger lehnte sich mir entgegen und sog die Luft so tief ein, dass sein Atemzug mein Haar zum Wallen brachte.

»Befehlshaber«, rief Ivar, und der Anführer mit dem roten Umhang drehte sich um.

»Lars«, rief er barsch.

Der Befehl riss Lars aus seinem Taumel. Der Krieger schüttelte den blonden Kopf und kehrte an seinen Platz zurück.

Tristan richtete die Aufmerksamkeit auf mich. »Sag uns, aus welchem Land du kommst.«

»Aus Alba. Von der anderen Seite des Meers«, antwortete ich ihm, und alle drei Krieger runzelten die Stirn. Alle hatten einen so ähnlichen Ausdruck im Gesicht, dass ich mich fragte, ob sie einen gemeinsamen Vorfahren hatten.

»Wo ist das?«

»Wo sind wir hier?«, fragte ich.

»Du kennst das Königreich des Lycaon nicht?«

Ich versuchte, mich an die Überlieferungen zu erinnern, mit denen sich meine Schwestern befasst hatten. »Arkadien?«

Die Krieger wechselten einen Blick.

»Ich habe gehört, dass König Lycaon aus Arkadien kam, bevor ihn seine Reisen in neue Länder geführt haben. In neue Länder, die er anschließend erobert hat.«

»Sein Reich ist riesig, seine Macht unvergleichlich«, sagte Gaul.

»Auch seine Krieger sind legendär.« Ich versuchte ein Lächeln, aber die Spannung in meinen Armen war zu groß, um mehr als eine Grimasse zustande zu bringen.

»Löst das Seil«, befahl der Anführer.

Gaul zuckte zurück. »Aber ...«

»Sofort.« Die braunen Augen des Befehlshabers musterten mich durch den Schlitz in seinem Helm. Ich versuchte, stoisch zu bleiben, konnte aber ein erleichtertes Seufzen nicht verhindern, als sich das Seil lockerte und ich die Füße auf den Boden stellen konnte.

»Was ist deine Aufgabe hier?«

Einen Zauber zu finden, um seinen König zu töten. Um den Magier von all dem abzuhalten, was er in meiner Zeit vollbringen würde. Jede andere Antwort von mir wäre eine Lüge, und diese Krieger würden es merken.

Der Wind wirbelte um mich herum, während ich wartete.

Mit einem Seufzen zog der Befehlshaber etwas von seinem Gürtel und hielt es unter mein Kinn. Eine Peitsche aus geflochtenen Strängen. Er benutzte sie, um meinen Kopf nach hinten zu neigen. »Ich möchte so schöne Haut nicht verunstalten.«

»Ich tue es«, bot Lars an.

»Nein«, widersprach Gaul. »Wir kennen dein Geschick mit der Peitsche. Du würdest sie so schlagen, dass die Schmerzen nicht schlimmer als ein Luftzug wären.«

»Still«, befal der Anführer. Lars zwinkerte mir zu.

Ivar räusperte sich. »Vielleicht, Befehlshaber, sollten wir sie einfach gehen lassen.« Ein unzufriedenes Raunen ging durch die Ränge der Soldaten.

»Eine mögliche Gefahr für unseren Herrn?«, ergriff Gaul das Wort.

»Sie ist bloß eine Maid«, erwiderte Lars.

»Trotzdem ist sie gefährlich. Sie ist unbefugt eingedrungen und muss bestraft werden.« Gaul drehte sich bei seiner Äußerung im Kreis. Seine laute Stimme lockte weitere Krieger an. Ich senkte den Kopf, spürte ihren Blutrausch. Sie wollten sehen, wie ich ausgezogen und ausgepeitscht wurde, und sei es nur zur Unterhaltung.

»Genug!«, brüllte der Befehlshaber. »Gaul, zurück auf deinen Posten.«

Der Anführer trat nah an mich heran. Sein Gesicht befand sich unmittelbar vor meinem.

»Möchtest du zu deinen Leuten zurückkehren?«

Ich nickte.

»Dann sag, wer bist du? Und was ist deine wahre Absicht?« Sein Atem wärmte meine Haut. »Wenn du antwortest, kann ich dich laufen lassen«, raunte er mir ins Ohr.

Blinzelnd sah ich ihn an, erkannte in seinem ruhigen

Blick jedoch nur Ehrlichkeit. Er wollte mich wirklich gehen lassen.

Ich leckte mir die Lippen.

»Befehlshaber, wenn du dich nicht dazu durchringen kannst, die Gefangene zu verhören, nehme ich deinen Platz ein«, sagte Gaul und stapfte näher. »Der König würde nicht wollen, dass du Nachsicht gegenüber einer Spionin zeigst.«

Tristan baute sich kopfschüttelnd vor ihm auf. Einen Moment lang dachte ich, sie würden sich prügeln.

»Befehlshaber«, rief Lars und brach das Schweigen. »Wir sollten sie testen.«

Bildete ich mir das nur ein, oder sackten die Schultern des Anführers tatsächlich ein wenig herab?

»Alle Maiden müssen getestet werden, um festzustellen, ob sie geeignet sind. Der König verlangt es so.« Lars' Einwand wurde von zustimmendem Gemurmel begrüßt.

»Na schön. Holt den Stein«, befahl Tristan. Ivar und Lars salutierten und marschierten zum Zelt zurück. Enttäuschung trat in Gauls Züge. Zweifellos wollte er mich entblößt und vor allen ausgepeitscht sehen.

»Zurück auf deinen Posten«, befahl ihm Tristan erneut mit bedrohlicher Stimme. Erleichterung durchströmte mich, als der Unruhestifter widerwillig salutierte und sich zurückzog. Ich spannte den Körper wieder an, als Tristan näher kam.

»Du hättest reden sollen. Ich hätte dich retten können«, murmelte der Befehlshaber mit niedergeschlagenem Blick. Das erschreckte mich mehr als seine Worte.

Die beiden Krieger, die mich gefunden hatten, kehrten zurück. Lars trug eine Kiste. Als er sie öffnete, gleißte Licht heraus. Ich kniff die Augen zusammen, konnte den Blick aber nicht abwenden, als Ivar einen Gegenstand aus der Kiste nahm und herbeibrachte. Tristan winkte ihn näher.

»Bitte ...« Instinktiv setzte ich mich zur Wehr, als Ivar einen leuchtenden Stein hochhielt. Er war milchig weiß, und in seinen Tiefen strudelte etwas. Als er ihn vor mein Gesicht hielt, schoss ein Blitz daraus hervor und blendete mich. Einige der Krieger schrien auf.

Ich schüttelte den Kopf und blinzelte das Brennen der Helligkeit weg, als Ivar den Stein entfernte. »Er reagiert auf ihre Gegenwart.«

Das Gesicht des Befehlshabers verzog sich, und ein Schatten huschte über seine Züge.

»Diese Frau muss zum König gebracht werden.«

MAGNUS

D as Summen von Bienen erfüllte die Luft über meinem Kopf. Ich schlug nach ihnen, ohne die Augen zu öffnen, und ich spuckte aus, um den Mund von einem widerwärtigen Geschmack zu befreien. Dann würgte ich – es war kein Geschmack, sondern ein Geruch, der mich umgab. Ein Geruch wie Schlamm, der meine Haut bedeckte und in meine Poren sickerte.

Ich musste weg.

Mein Schädel pochte. Die Sonne war eine grausame Herrin, stand hoch am Himmel und brannte mir ins Gesicht. Ich hob die Hand, um die Augen abzuschirmen, und ich stöhnte. Mein gesamter Körper schmerzte.

Wo war ich? Wo steckten meine Brüder?

Als ich mich auf die Beine rappelte, wurde das Summen lauter und wilder.

Keine Bienen. Fliegen.

Ich stand allein in einem Feld voll Blut. Mit halb bedeckten Augen trat ich einen Schritt vor und rutschte beinah auf dem roten, glitschigen Gras aus. Dann ließ das Licht nach, und ich konnte die Leichen sehen, die sich fächerförmig um mich herum erstreckten.

Zuerst dachte ich, es könnten meine Brüder sein. Aber die Gesichter waren zu jung, die Haut selbst im Tod noch zu glatt.

Es handelte sich nicht um ein Schlachtfeld, sondern um einen Dorfplatz, gesäumt von zerstörten Gebäuden. Von den verkohlten Überresten stieg Rauch auf. Ich kniff die Augen gegen die Sonne zusammen, aber von Kriegern fehlte jede Spur. Niemand lebte. Niemand außer mir.

Als ich mich in Bewegung setzte, klirrte etwas gegen meinen Fuß. Mein bestes Breitschwert. Der Geistermacher, den ich benutzte, wenn ich im Dienst des Königs in die Schlacht ritt.

Warum war das Metall nass vor Blut? Gegen wen hatte ich gekämpft? Wen hatte ich getötet?

Ich drehte mich und schwankte auf dem aufgeweichten Boden.

Dies war nicht der Schauplatz einer Schlacht, sondern eines Gemetzels. Weit und breit kein Feind. Nur Burschen, viel zu jung zum Kämpfen. In Leichen verwandelte Burschen. Hatte ich sie alle getötet? Ich konnte mich nicht erinnern.

Das Summen der Fliegenschwärme drohte, mich in den Wahnsinn zu treiben. Sofern ich nicht bereits wahnsinnig war. Ich hatte gekämpft, bis ich bewusstlos wurde und fiel, ohne mein Schwert zu reinigen. Ich war ein großer Krieger. Kampflust hatte ich schon oft erlebt.

Aber ich hatte es immer mit Kriegern aufgenommen. Niemals mit Unschuldigen wie jenen, die zu meinen Füßen verstreut lagen.

Was war an diesem Morgen geschehen? Wo war meine Ehre geblieben? Was hatte ich nur getan?

Ich sank unter dem Gewicht der Gefallenen auf die Knie.

YSEULT

D er Befehlshaber persönlich begleitete mich hinein. Mit einer starken Hand um meinen Arm marschierte er mit mir voran.

Je näher wir den Toren kamen, desto heftiger pochte mein Kopf. Die Schmerzen umfingen mich, bis ich kaum noch atmen konnte. Welche Verteidigung der Totenkönig auch für seine Festung hatte, sie genügte, um jede magische Bedrohung auszuschalten.

Vielleicht war es ein Segen, dass die Reise mich meiner Macht beraubt hatte. Ich war gekommen, um eine Möglichkeit zu finden, den Magier aufzuhalten. Nun wurde ich mitten hinein in seine Festung geschleppt.

Als wir ein großes Tor aus Holz erreichten, lief ich fast nur noch mit Tristans Kraft statt mit eigener. Mit verkniffener Miene zog er mich an den Gruppen von Kriegern vorbei. Ich spürte seinen Zorn. Trotzdem fühlte sich seine Hand um meinen Arm zwar stark und unentrinnbar, aber sanft an.

»Befehlshaber«, grüßten ihn einige. Er brummte kaum eine Erwiderung.

»Hier.« Der Anführer zog einen flatternden Wimpel von der Mauer, zerriss ihn zu einem Tuch und hielt es mir entgegen. »Bedeck den Kopf damit.«

Ich tat, wie mir geheißen, wickelte mir das Tuch über den Kopf und band es unter dem Kinn fest. Obwohl ich den Blick zu Boden gerichtet ließ, spürte ich jedes Starren der Krieger, die wir passierten.

Und dann, als wir gerade den Hof betreten wollten, stürzte aus den Schatten ein knurrendes Monster auf mich zu. Scharfe Zähne blitzten im Sonnenlicht auf. Die Bestie erwies sich als menschenähnlicher, fellbedeckter Hüne. Knurrend krallte er mit Händen nach mir, die in verheerenden Krallen endeten.

Ich erstarrte. Ein lautes Summen lag in der Luft. Ich erhaschte einen flüchtigen Blick auf den Schwarm – unzählige aufgeregte Fliegen, die von einem Feld voll von Toten aufstiegen.

Ein starker Arm riss mich zurück aus der Vision und weg von dem tobenden Monster.

Die Krieger brüllten.

»Ergreift ihn«, rief Tristan und hielt mich an sich gedrückt. Schnell gehorchten die Wachleute und stürmten auf den riesigen Krieger zu, der herausfordernd brüllte und sie durch die Luft schleuderte.

»Haltet ihn fest.« Lars und Ivar stürzten sich ins Getümmel, wichen den Hieben des Monsters aus und täuschten Vorstöße an, bis sie schließlich die Arme zu fassen bekamen. Weitere Männer strömten herbei und bohrten Speere in den Hünen. Klingen schnitten in die pelzige Haut, Blut floss. Der Mund des Ungetüms stand nach wie vor brüllend offen, die Augen jedoch verharrten starr auf mir.

Ich schrie auf, als die Aura des wilden Kriegers die

meine berührte. Zornige Magie verzehrte ihn von innen heraus.

Was immer dieses Monster sein mochte, es war einmal ein Mensch gewesen.

Lars und Ivar hatten Mühe, die Bestie zurückzuhalten, als sie sich heulend nach mir streckte.

»Steckt ihn ins Verlies!«, brüllte Tristan.

Lars und Ivar gaben den Befehl weiter und schleiften die Bestie zurück in die Schatten.

Ich taumelte rückwärts und stolperte gegen Tristan. Benommen fand ich mich in den Armen des Anführers wieder.

Er zog mich in ein niedriges, an die Festungsmauer anschließendes Gebäude. Die Wachstube war voll von Kriegern, die mich anstarrten.

»Raus«, befahl Tristan ihnen. Sie klopften sich salutierend auf die Brustpanzer und gingen.

Ich hatte meinen Schleier verloren.

»Trink das.« Dankbar nahm ich den Becher mit kaltem Wasser entgegen. Das Pochen in meinem Kopf hatte nachgelassen. Vielleicht war es durch den unverhofften Anblick des in ein Monster verwandelten Kriegers ausgetrieben worden. Der Mann saß in der Vision eines Kampfes fest, aus der er nicht ausbrechen konnte.

Schaudernd konzentrierte ich mich darauf, zu trinken und mich zu stärken, damit mir der Raum nicht davonwirbelte.

Als ich aufschaute, beobachtete mich Tristan aufmerksam.

»Wer war dieser Mann?«, fragte ich, sobald ich meine Stimme wiederfand. »Was ist mit ihm passiert?«

Tristan schüttelte den Kopf. »Ich bitte um Entschuldigung. Mein Krieger war nicht er selbst. Ich werde innerhalb dieser Mauern für deine Sicherheit sorgen.«

»Du hast mich gefesselt, um mich zu verhören, und nun entschuldigst du dich dafür, dass mich einer deiner Männer angreifen wollte?«

»Du bist jetzt ein Gast des Königs.«

Ich verengte die Augen zu Schlitzen, widersprach jedoch nicht. Allmählich wurde mein Kopf klarer. Etwas an der Begegnung mit dem Mann hatte seine Meinung über mich geändert.

»Ich nehme die Gastfreundschaft des Königs gern an«, sagte ich etwas förmlich. Wenn man sich hier an die Sitten und Gebräuche der Gastfreundschaft hielt, war es innerhalb der Mauern sicherer für mich, als mich draußen als Spionin zu verstecken. »Und ich leiste gern jedem in seinem Haus Beistand. Ich kann diesem Krieger helfen.«

»Niemand kann ihm helfen. Am wenigsten du.« Der Umhang des Anführers flatterte, als er auf und ab lief. »Du musst dir selbst helfen. Fang damit an, indem du mir sagst, wer du bist und woher du kommst.«

»Ich bin nur eine Maid, die ...«

»Nein. Du hast den Stein zum Leuchten gebracht.«

»Was war er?«, rutschte mir heraus, bevor ich mich bremsen konnte. »Der Stein.«

»Du stammst nicht aus diesen Gefilden.« Tristan schüttelte den Kopf. »Sonst wüsstest du es. Alle Frauen müssen dem König vorgeführt werden. Wenn du ihm gefällst, kann er entscheiden, dich als eine seiner Ehefrauen zu behalten.«

Scharf atmete ich ein.

»Ja«, sagte er. »Jetzt weißt du, warum es mir so widerstrebt hat, dich testen zu lassen. Hättest du vorhin geredet, hätte ich dich vielleicht noch retten können.«

Ich kaute auf der Unterlippe, als Tristan über mir aufragte.

»Du solltest Schuhe haben«, murmelte er.

Ich versteckte die nackten Füße unter dem Saum meines mittlerweile zerlumpten Kleids. Kurz ging der Befehlshaber hinaus und rief einen Krieger zu sich. Als er zurückkam, setzte er sich und heftete einen starren Blick auf mich.

»Ich weiß, dass ich dich schon einmal gesehen habe.«

»Es tut mir leid, Herr«, gab ich mit belegter Stimme zurück. »Ich bin hier noch nie gewesen. Das musst du mir glauben«, fügte ich hinzu, als er sich erhob.

»Das tue ich. Aus irgendeinem Grund tue ich es.« Er gab mir mehr Wasser. Ein Klopfen an der Tür rief ihn weg.

»Hier«, sagte er und hielt ein Paar Stiefel hoch. »Zwar immer noch zu groß, aber die Kleinsten, die meine Männer finden konnten.«

»Ich ...« Angesichts seiner Fürsorglichkeit fehlten mir die Worte. »Danke.«

Zu meiner Überraschung kniete er sich hin und wischte mir die Füße ab, bevor er mir half, die Stiefel anzuziehen. Diese kleine Freundlichkeit ermutigte mich.

»Erzähl mir von dem Krieger, den wir gesehen haben«, bat ich ihn. »Was hat ihn wahnsinnig werden lassen? Ist er gerade aus einer Schlacht zurückgekehrt?«

»Wir hatten seit über hundert Jahren keinen Grund mehr, in die Schlacht zu ziehen«, entgegnete Tristan. Er klang müde. »Warum fragst du nach meinem Krieger? Was kümmert er dich?«

»Ich habe Männer wie ihn schon gesehen. Männer im Kampfwahn. Wo ich herkomme, nennt man solche Krieger Berserker. Es gibt einen Zauber, um sie zu erschaffen. Diese Krieger besitzen die Stärke von zehn oder zwanzig Männern. Aber ihre Tüchtigkeit im Kampf hat ihren Preis.

Der Wahnsinn setzt ein, wenn ein Krieger kämpft, und macht ihn stärker. Aber manchmal bleibt er danach.«

»Ja.«

»Ist das heute mit diesem Krieger passiert?«

»Er kämpft schon lange gegen den Wahnsinn.«

»Der härteste Kampf findet im Inneren statt. Vielleicht kann ich ihm helfen.«

»Wie?«

»Ich besitze ein wenig Geschick beim Heilen.«

»Für den Geist?«

»Wo ich herkomme, finden die Berserkerkrieger Trost in der Berührung einer Frau.«

Tristan zog eine Augenbraue hoch. »Du würdest ihn berühren?«

Ich krallte die Hände fester in mein Kleid. »Wenn es ihm helfen kann, wäre ich bereit, es zu versuchen.«

Der Befehlshaber erhob sich und schüttelte den Kopf. Wieder lief er mit hinter ihm wallenden Umhang auf und ab. »Was immer du tust, würde sein Leiden nur verlängern.«

»Soll er sterben?«

Tristan erwiderte nichts.

Ich stand auf. »Lass es mich versuchen.« Ich legte mehr Überzeugung in meine Stimme, als ich fühlte.

Tristan schüttelte den Kopf.

»Befehlshaber.« Lars und Ivar traten ein. Sie gaben ein lustiges Paar ab, der Dunkle und der Helle, und ich hatte das Gefühl, dass sie viel Zeit zusammen verbrachten. »Der Gefangene ist sicher weggesperrt.«

Ivars Blick schwenkte kurz zu meinen Füßen und wieder zu meinem Gesicht, dann salutierte er vor seinem Befehlshaber.

Lars stand da und starrte mich an. Ich spürte ein kurzes Aufflammen von Schmerz im Kopf, doch es verschwand sofort wieder. Mit einem Grinsen wandte er sich ab, um seinem Anführer eine Frage zu stellen. »Verhörst du sie immer noch?«

Tristan betrachtete mich, bevor er antwortete. »Sie sagt, sie kann dem Gefangenen helfen.«

Sowohl Ivar als auch Lars richteten den Blick jäh auf mich und sprachen wie aus einem Mund. »Wie?«

»Ich besitze ein paar Kenntnisse über Heilkunst«, sagte ich, als Tristan mir zu verstehen gab, dass ich selbst antworten sollte.

Lars schnaubte höhnisch, Ivar hingegen schaute nachdenklich drein.

»Die Krankheit greift den Verstand an.« Der Krieger strich sich über den dunklen Bart. »Ist eine solche Heilung möglich?«

Ich wollte sagen, dass es sich um keine Krankheit handelte, sondern um Nachwirkungen der bösen Magie des Hexers. Aber ich wagte nicht, darüber zu sprechen. Sie würden sich nur fragen, wie eine schlichte Maid etwas von Hexern oder Magie wissen konnte.

»Selbst wenn du dem Gefangenen helfen könntest ...«

Ich unterbrach ihn und wandte mich an Tristan. »Ist es üblich, einen der euren als Gefangenen zu bezeichnen und nicht seinen Namen zu benutzen?«

»Er ist nicht mehr er selbst«, erklärte Tristan.

»Er wird auch nicht mehr er selbst werden, wenn ihr ihn wie einen Fremden behandelt.«

»Was verstehst du schon vom Kriegerwahnsinn? Wir leben seit vielen Jahre damit«, verkündete Lars hitzig. »Ist besser, das verfaulte Glied abzuschneiden. So verhindert man die Ausbreitung der Fäulnis.«

»Er ist kein verfaultes Glied. Er ist unser Bruder«, murmelte Ivar.

Keine Hoffnung, hörte ich unausgesprochen. *Jahre des Kampfs gegen den Wahnsinn und keine Hoffnung.*

Die Krieger sahen sich gegenseitig an. Lars hatte die Hand auf seiner Waffe.

Ich saß ruhig da, die Lippen zusammengepresst. Mein Herz fühlte mit diesen Männern, die sich näher standen als Brüder. Die Magie, die ihnen Macht verlieh, war wie Sand in ihren Rüstungen, der unangenehm an ihnen rieb, bis er eine Möglichkeit fand, sie in den Wahnsinn zu stürzen.

»Na schön, Frau«, gelangte Tristan zu einer Entscheidung. »Ich bringe dich zum Verlies. Aber wenn du ihm schadest ...«

»Ich bin eine unbewaffnete Maid.« Ich breitete die Hände aus. »Vielleicht kann ich ihm auch nicht helfen. Ich verspreche nur, es zu versuchen.«

Als der Befehlshaber mit der Frau davonging, drehte sich Ivar mir zu. Frustration stand ihm ins Gesicht geschrieben. »Warum hast du den Mondstein erwähnt?«

Ich zuckte angesichts seiner Wut mit den Schultern. »Ich wollte sie retten.« In Wahrheit wusste ich nicht, warum ich mich zu Wort gemeldet hatte.

»Sie wird dem König vorgeführt.«

»Sie wird überleben«, erwiderte ich. Ivar fluchte dazu, aber ich gab nicht nach. Aus irgendeinem Grund wollte ich, dass die Frau in der Nähe und in Sicherheit blieb.

»Er könnte sie zur Frau nehmen«, erinnerte mich Ivar. Da wurde mir mein Fehler klar. Verlangen verdichtete sich in meiner Brust und wurde beinah schmerzhaft. Ich wollte die Nähe dieser Frau, wollte mich in ihrem Duft aalen. Ich wollte nicht, dass der König sie bekam.

»So habe ich mich noch nie gefühlt«, sagte ich.

»Geht mir genauso. Meine Mutter hat mir von einer Frau erzählt, die dafür vorgesehen ist, meine Gefährtin zu werden.«

»Deine Mutter?« Ich zog eine Augenbraue hoch. Ivars Mutter war bei der Geburt gestorben.

»In einem Traum«, erklärte Ivar. »Sie hat zu mir gesagt, es würde eine Frau mit Haar wie ein Blitz kommen, unseren Wahnsinn heilen und unsere Gefährtin werden.«

»Haar wie ein Blitz«, murmelte ich und dachte an das weißblonde Haar unserer Gefangenen.

»Sie wird von der Göttin gesegnet sein. Meine Mutter war eine solche Frau. Und deine auch. Frauen mit Macht.«

»Also ist das Magie? Es fühlt sich echt an.«

»Es ist echt. Ich glaube, diese Frau ist die Vorhergesagte.«

»Aber wenn sie dem König begegnet ...«

Ivar nickte langsam. »Er begehrt die Magie solcher Frauen. Er wird seine Macht nutzen, um sie zu umgarnen. Und wir haben geschworen, ihm zu dienen.« Den letzten Satz hauchte er murmelnd.

»Es hat keinen Zweck, Bruder«, sagte ich zu Ivar. Der Schmerz in mir entsprach dem Ausdruck in seinem Gesicht. »Sie ist nicht für uns bestimmt.«

YSEULT

I ch hielt den Kopf hoch erhoben, während Tristan mich durch die Burg führte. Die Gänge aus Stein erwiesen sich als sauber und weitgehend menschenleer, abgesehen von Wachleuten an jedem Torbogen. Sie salutierten vor Tristan, als wir an ihnen vorbeigingen.

Meine Tapferkeit währte so lange, bis der Befehlshaber vor einer großen eisenbeschlagenen Tür anhielt. Er holte einen Schlüssel hervor, entriegelte die Tür und schob sie mit einem knirschenden Knarren auf. Gestank schlug mir entgegen – der Geruch von Tod und dunkler Magie.

Als ich auf der feuchten Schwelle zögerte, hielt er bei mir inne.

»Du musst das nicht tun.«

»Doch.« Ich stählte mich. »Ich will es.«

Als wir hinunterstiegen, bedauerte ich meine Worte. Die Luft wurde dicht und kalt. Flackernde Schatten zeichneten sich wie Monster an den tropfenden Wänden ab.

Tristan behielt eine Hand an meinem Arm. Er marschierte dicht neben mir, und ich hatte das Gefühl, er würde mich in seine Arme heben, wenn er könnte.

Je tiefer wir gelangten, desto schwieriger wurde es, zu atmen.

Zwei Schatten tauchten auf und näherten sich. Ich schnappte nach Luft und presste mich an Tristan, der mich festhielt. »Die Wachen«, beruhigte er mich, als sich die Gestalten aus der tiefen Finsternis lösten und zu Kriegern wurden.

»Befehlshaber«, murmelte einer. Tristan neigte den Kopf, um mit ihnen zu sprechen. Ich jedoch hörte durch den Wahnsinn, der wie Bienen in meinen Ohren summte, kaum etwas davon.

»Hier entlang.« Tristan zeigte mir die Richtung, und ich setzte mich in Bewegung, als würde ich von der riesigen Bestie angezogen, die der Gefangene war. Ich blieb vor ihm stehen. Er war sogar größer als der Befehlshaber, groß wie ein Bär. Obwohl er – überwiegend – den Körper eines Menschen hatte, roch er wie ein Tier. Mächtige Muskeln prangten an der nackten Brust, die sich zu einer straffen Taille verjüngte. Darunter zeichneten sich unter der Kleidung kraftvolle Beine ab. Fell bedeckte die Arme, und die Hände wiesen eine monströse Form auf, erinnerten an die Pfoten eines Tiers, so verlängert, dass sie Fingern ähnelten, die mit verheerenden schwarzen Krallen endeten.

Göttin, steh mir bei. Zumindest sein Gesicht war das eines Mannes. Als ich näher vor ihn trat, hob und senkte sich seine Brust, als wäre er eine weite Strecke gerannt.

»Vorsicht«, warnte mich Tristan, und ich blieb vor dem Krieger stehen, musterte ihn. Bösartigkeit kroch über sein Gesicht, gefolgt von Schmerz und schließlich verhaltener Neugier. Die Schellen, mit denen man ihn gefesselt hatte, waren zu klein für ihn. Vielleicht hatten sie die richtige Größe gehabt, als man ihn ursprünglich angekettet hatte, mittlerweile jedoch schnitten sie in seine Haut. Energie durchströmte ihn pulsierend – die heftige Aura schwappte über mich hinweg und ließ mich japsen. Die Bestie in seinem Inneren kämpfte darum, sich zu befreien.

Einen Moment lang wandte ich das Gesicht ab und versuchte, tief zu atmen. Als ich den Gefangenen wieder ansah, blickte er so suchend in mein Gesicht wie ich in seines. Menschliche Vernunft schimmerte in seinen braunen Augen.

In mir keimte Hoffnung. Ich trat näher. »Wie heißt du?«

Tristan wollte antworten, doch ich hob die Hand und brachte ihn zum Schweigen, ohne den Blick von dem gebrochenen Krieger zu lösen.

Die Lippen des Gefangenen bewegten sich. »Ich habe keinen«, sagte er mit kratziger Stimme. Sein Arm zuckte in der brutalen Schelle.

»Wasser.« Ich gab den Wachen ein Zeichen.

»Herrin ...« Sie zögerten.

»Tut, was sie sagt«, befahl Tristan.

Ich wartete, bis sie zurückkamen, nahm den kleinen Becher entgegen und stählte mich, bevor ich mich näher vor den wahnsinnigen Gefangenen stellte. Er rüttelte an seinen Ketten, als ich mich auf ihn zubewegte. Ich hielt den Atem an, um mich vor dem Gestank zu schützen. Sein Bart war verdreckt, genau wie sein Körper. Aber der Geruch ging von dem Gift aus, das ihm den Geist aussaugte wie ein Egel.

Ich hielt ihm den Becher an die Lippen und betete, dass er trinken würde. Seine Kehle bewegte sich, seine Augen blickten lodernd in meine. Sein Gesicht war verwüstet, sein Ausdruck gequält, doch die Augen glichen schwarzen Gruben, in denen das Feuer seines Geists flackerte. Ich würde von diesen Augen träumen, davon war ich überzeugt.

»Herrin, warum bist du gekommen?«

»Du hast einen Namen, den dir deine Mutter gegeben hat.«

»Ich kann mich nicht an ihn erinnern.«

»Versuch es.« Ich trat noch näher, und für einen Herzschlag verschwanden die vergiftete Luft und das Summen des Bösen. Der Krieger hob den Kopf. Seine Stirn wurde glatt. Ich legte ihm eine Hand auf die Wange. Tristan bewegte sich neben mir, dann hielt er sich zurück. Er verweilte als tröstliches Gewicht hinter meinem Rücken, als ich mich näher zu dem gepeinigten Krieger beugte.

»Sie hat dich geliebt«, flüsterte ich. »Sie trauert um dich.« Der Krieger schloss die Augen, als ich seine Stirn berührte wie eine Mutter die ihres Säuglings. »Erinnere dich an sie.«

Seine Lippen bewegten sich, aber es drang kein Ton über sie. Ich schrak zurück, wappnete mich für die Ausdünstungen des Bösen. Aber sie blieben aus. Der Bann war vorübergehend aufgehoben.

»Schlaf in Frieden«, murmelte ich, wandte mich ab und ging zur Treppe.

»Herrin.« Die Wachmänner neigten die Häupter, als ich sie passierte.

Ich hielt den Körper aufrecht, bis ich die Treppe erreichte, dann brach ich zusammen. Tristan fing mich auf. Arme wie Eisenbänder hoben mich hoch, und ich ließ es zu, schmolz geradezu an seine breite Brust.

Er trug mich hinauf ins Erdgeschoss. Ich entspannte mich, als die böse Magie hinter mir zurückblieb.

»Behandelt der Magier so seine treuen Krieger?«, fragte ich und schüttelte heftig den Kopf. »Vergiss es. Ich sollte nicht sprechen ...«

Tristan hielt mir einen Becher an die Lippen. Nicht

Wasser, sondern Hochgeistiges brannte sich den Weg in meine Eingeweide.

»Er war mein bester Krieger«, sagte Tristan. »Ich kann dafür sorgen, dass diese Männer kampftauglich bleiben, aber ich kann nicht verhindern, dass ...« Mitten im Satz verstummte er, und ich lehnte den Kopf an seine Brust. Seine Qualen durchströmten mich. Ich schloss die Augen und atmete den Schmerz weg.

Als ich eine Berührung im Gesicht spürte, regte ich mich.

Tristan strich mir das Haar zurück. »Du hast ihm geholfen.«

»Ich weiß es nicht. Dieser Ort ...« Ein Schauder durchlief mich. »Dieser Mann braucht mehr Pflege. Aber zumindest habe ich ihm Erleichterung verschafft.«

Tristan musterte mich, bis ich fragen wollte, was er sah.

»Danke, Herrin«, sprach er schließlich, trat zurück und wurde wieder förmlich. »Ich begleite dich jetzt in deine Gemächer.«

T ristan bot mir seinen starken Arm an, und ich ergriff ihn, dankbar für etwas, woran ich mich festhalten konnte. Er führte mich vom Eingang zum Verlies durch die höhlenartigen Gänge und hindurch unter Torbögen aus Stein, die von großen Kriegern bewacht wurden. Obwohl sie vor Tristan salutierten, spürte ich, wie ihre Blicke mir folgten, vor allem, als uns der Weg durch einen überdachten Gang mit Blick auf einen Lichthof führte. Eine Gruppe von Soldaten drehte sich im Einklang um und erwies ihrem Befehlshaber die Ehre, indem sie mit den Fäusten auf ihre Brustpanzer klopften. Wehrlos und noch zittrig von meiner Begegnung mit dem verfluchten Krieger schrak ich unter ihren starren Blicken zurück. Tristan verlagerte die Hand auf meinen Rücken, stützte und führte mich zugleich mit festem Druck, bis wir an ihnen vorbei waren.

»Ist schon gut«, murmelte er. »Sie werden dir nichts tun.«

Ich bemühte mich, nicht zittrig zu klingen, als ich fragte:

»Wie kommt es, dass sie uns grüßen, obwohl wir keine
Geräusche verursachen?

»Sie wittern dich.« Ein Hauch von Belustigung schlich
sich in seine Stimme. »Sie werden dir nichts tun«, wiederholte er, als er mich zu einer weiteren großen Tür aus Holz
zog, beschlagen mit überkreuztem Eisen. »Das würde ich
nicht zulassen.«

Ein weiterer Schlüssel, und er warf die Tür auf. Zusätz-
lich zum Schloss gab es auf der Innenseite einen großen
Querbalken. Ein Balken, um mich im Inneren zu halten, ein
Balken, um andere draußen zu halten.

Die Räume erwiesen sich als still und kühl. Es roch zart
nach Minze und Lavendel. Frauengemächer. Allerdings
hatte ich während unseres Marsches hierher keine Frauen
gesehen. Auch sonst niemanden außer den Kriegern.

»Hat der König außer der Garde noch andere Diener?«

Tristan drückte die Tür zu, bis sie sich mit einem
Klicken schloss.

»Der König braucht keine menschlichen Diener«, erwiderte Tristan leise und stapfte an mir vorbei. Sein Umhang
wallte hinter ihm, als er mich weiterführte. Die Räume
flossen ineinander, wiesen niedrige Decken auf und ein
paar Fenster, die zu einem Innenhof wiesen. Eine Zuflucht
tief im Herzen der Burg.

»Hier bist du sicher«, sagte Tristan zu mir, und ich erinnerte mich an den Balken an der Innenseite der Tür. Die
Räume besaßen Einrichtung – vergoldete Stühle und fein
gewobene Wandteppiche in Schattierungen von Blau und
Grün. Die Laute von rinnendem Wasser lagen in der Luft –
vermutlich von einem Springbrunnen. Das Geräusch
betonte die tiefe, tiefe Stille.

Alles erwies sich als sauber, nirgendwo hatte sich Staub
angesammelt. Allerdings lag in der Luft eine Schwere, als

wären die Gemächer schon sehr lange nicht mehr benutzt worden.

»Wie lange ist es her, dass sich der Magier zuletzt eine Frau genommen hat?«, fragte ich.

An einem Torbogen zum Innenhof hielt er inne. »Eine Weile.«

»Und werden ihm alle Frauen vorgeführt, die sich in die Nähe der Burg wagen?«

»Nein, Herrin. Nur diejenigen, die den Stein entfachen.«

Auf einmal war ich also eine »Herrin«.

»Was war das für ein Stein?«

»Der König benutzt solche Steine, um die Würdigen zu erkennen. Es gibt bestimmte Arten von Frauen, die er … bevorzugt.«

»Und welche Art von Frau bevorzugt er?«

»Frauen mit bestimmten … Eigenschaften. Sie sind etwas Besonderes.«

»Von der Göttin gesegnet«, fügte ich hinzu. Ich sprach es nicht als Frage aus.

Seine Augen wurden groß. »Ja.«

Mit einem Finger fuhr ich die vergoldete Armlehne eines Stuhls nach. »In meiner Zeit haben wir einen Begriff für solche Frauen.«

»In deiner Zeit?«

»In meinem Land, meine ich«, besserte ich mich rasch aus. »Dem Ort, von dem ich komme.« Innerlich verfluchte ich meine lose Zunge. Es sah mir nicht ähnlich, solche Fehler zu begehen. Ich musste wohl müde sein. Ich lehnte mich auf den Stuhl. »Wir nennen sie *Holzmouwas*. Von der Göttin gesegnete Frauen, die natürliche … Fähigkeiten besitzen.« Magie.

»Keine Hexen«, sagte Tristan. Auch er sprach es nicht als Frage aus.

»Nein. Frauen mit natürlicher Magie.« Frauen wie ich –
oder wie ich einmal war, bevor die Runen und Riten meine
natürlichen Fähigkeiten ausgelöscht und durch die Macht
ersetzt hatten.

Eine Macht, die ich nicht mehr besaß. »Der Stein muss
Holzmouwas erkennen.«

Tristan neigte bejahend den Kopf. Er wirkte weder überrascht noch misstrauisch darüber, dass ich wusste, was vor
sich ging. Eher ... erleichtert.

Wenn du antwortest, kann ich dich laufen lassen.

Der Befehlshaber stand da und betrachtete einen Wand-
teppich, der drei junge, auf einem Feld mit weißen Blumen
tanzende Maiden zeigte. Ein fröhlicher Anblick, dennoch
blieben die harten Kanten seines Gesichts so ernst.

War es möglich, dass er das Schicksal jeder der jungen
Frauen kannte, die einst hier gewohnt hatten? In meiner
Zeit hatten mir meine Hexenschwestern davon erzählt. Um
der Totenkönig zu werden, opferte der Magier seine Bräute.
Diejenigen, die er nicht opferte, wurden von seiner Magie
zerstört.

Diese Räume waren einst voll von Frauen. Und doch
standen sie leer, abgesehen von mir. Scharf atmete ich ein.
Tristan kannte mein Schicksal und wollte es abwenden.

Als ich mich ihm verwegen näherte, wirkte er überrascht. »Darf ich ihn noch einmal sehen? Den Stein?« Ich
betete, dass meine Vermutung zutraf. Tristan schien mich
retten zu wollen, sonst hätte ich nicht gewagt, die Bitte zu
äußern.

Nach kurzem Zögern fasste er unter sein Hemd und zog
eine kleine Kette heraus. Ein fahles Licht blitzte zwischen
uns auf, als er die Halskette anhob – an der ein milchiger
Stein baumelte – und in meine Hand fallen ließ.

»Es ist derselbe Stein«, sagte er.

Ich hielt ihn in den Händen und wartete darauf, dass er zum Leben erwachte. Nach einigen Herzschlägen verstärkte sich der Schimmer. Nicht so grell wie bei dem größeren Stein, mit dem man mich getestet hatte, dennoch strahlte er mit einem inneren Licht.

Tristan räusperte sich. »Meine Mutter hat ihn Mondstein genannt. Er hat ihr gehört. Sie hat ihn mir geschenkt.«

»Er ist wunderschön.« Ich drehte den Stein in der Hand, bewunderte ihn von allen Seiten. Sein milder Schein wärmte mein Gesicht.

Tristan ragte über mir auf. Sein Atem strich durch mein Haar. Ich trat einen Schritt zurück und reichte ihm die Halskette. »Danke.«

Er ließ den Blick auf mein Antlitz gerichtet, als er sie einsteckte, und ich konnte seinen Gesichtsausdruck nicht deuten.

Plötzlich verunsichert leckte ich mir die Lippen. Ich fühlte mich so seltsam – aber vermutlich lag es nur an meiner Müdigkeit und dem Verlust meiner Magie.

»Der Stein ... Er leuchtet nur in Gegenwart einer *Holzmouwa?*«

Ein Nicken, ohne dass er den Blick von mir löste. Hitze breitete sich durch meinen Körper aus. Beinah hätte ich meine Wangen und meine Brust berührt, um mich zu vergewissern, dass sie nicht glühten wie der Stein.

Schließlich fand ich die Stimme wieder. »Weißt du, wie er in den Besitz deiner Mutter gelangt ist?«

»Sie hatte ihn schon, als ich geboren wurde.« Er legte den Kopf schief. »Du hast meinem Krieger gesagt, er soll sich an seine Mutter erinnern.«

»Ja.«

»Warum?«

»I-ich weiß nicht.« So, wie Tristan mich ansah, wollte ich am liebsten die Hände ans Gesicht heben und mich hinter ihnen verstecken. Ich war nicht daran gewöhnt, mich so machtlos zu fühlen – oder so bewegt. »Es schien mir richtig zu sein.«

Endlich schaute Tristan weg. »Die meisten meiner Krieger erinnern sich nicht an ihre Mütter. Zumindest nicht mehr nach einer Weile.«

Weil sich der Magier an bösen Riten versuchte. Die anhaltende dunkle Magie zersetzte ihre Erinnerung – und ihre Freude.

»Deine Mutter – erinnerst du dich an sie?«, fragte ich.

»Nein«, antwortete er nach einer kurzen Pause. »Manchmal.« Er zog den Mondstein wieder aus der Tasche und fuhr mit dem Daumen darüber. »Etwas von ihr zu besitzen ... hilft mir.«

In seiner Hand leuchtete der Stein nicht, sondern gab nur ein schwaches Summen von sich. Da spürte ich seine Energie – kraftvoll und pulsierend. Tristan musste stark sein, dass er ihn so nah bei sich behalten konnte. Aber natürlich musste er stark sein, um in den Rängen der Garde des Königs so weit aufgestiegen zu sein und dennoch dem Wahnsinn so lange standgehalten zu haben.

»Ich bin froh, dass du etwas von ihr hast«, sagte ich.

»Das bin ich auch«, erwiderte er abrupt, als wäre er gerade erwacht. Er steckte die Halskette wieder ein. »Der Krieger, den du gesehen hast ... Glaubst du wirklich, dass sein Geist zurückkehren kann?«

»Ich weiß es nicht.« Schluckend sprach ich in Gedanken ein Gebet für den armen Gefangenen. »Aber ich musste es versuchen.«

»Die meisten würden ihn einfach sterben lassen.« Tristan starrte mich so eindringlich an, dass ich wünschte, ich hätte den Mut zu fragen, was er sah.

»Das hat er nicht verdient.«

»Nicht? Er ist ein Krieger. Er hat sich seinen Weg ausgesucht.«

»Nein«, widersprach ich und wiederholte sanfter: »Nein. Diesen Wahnsinn hat er sich nicht ausgesucht. Der Wahnsinn hat ihn ausgesucht.« Wenn der Magier den Ritus vollzog, mit dem er sie in Berserker verwandelte, dann lag die Schuld bei ihm. Aber ich konnte Tristans Herrn ihm gegenüber nicht gut anklagen.

»Manch einer meint, wir Krieger würden damit geboren. Und dass unsere Stärke im Kampf ein Fluch wäre.«

»Es ist auch möglich, stark und gut zu sein«, behauptete ich.

»Darauf hoffe ich, Herrin.« Wieder wanderte sein Blick über mich, und ich spürte, dass er mehr hörte, als ich gesagt hatte, und mehr sah, als mir lieb war.

»Befehlshaber.« Ivar und Lars erschienen am Torbogen. Tristan und ich sprangen beinah auseinander. Ich berührte mein Gesicht und fragte mich, ob sich der Mondstein auf mich ebenso sehr ausgewirkt hatte wie ich mich auf ihn. Mein Herz schlug schneller. Ohne auf die Krieger zu achten, betrat ich den Hof und befeuchtete meine Hände am Brunnen.

»Herrin«, rief Tristan zu mir herüber. »Ich muss dich eine Weile verlassen.«

Ich nickte, und er salutierte mit der Hand an der Brust. Sein roter Umhang wirbelte davon. Ich sah ihm stumm nach, fühlte mich abgesehen vom wilden Pochen meines Herzens wie betäubt.

»Herrin.« Lars verbeugte sich. Er grinste etwas spöttisch, aber es wirkte keineswegs unfreundlich. »Wie gefällt dir deine Unterkunft?«

»Gut«, antwortete ich. »Sie ist mehr, als ich erwartet habe.«

»Das bist du auch.«

Ich zog eine Augenbraue hoch, fühlte mich durch seine scherzhafte Art wieder mehr wie ich selbst.

Ivar räusperte sich. »Wenn du ungestört sein willst, halten wir an der Tür Wache.«

Ich dachte erneut an den Querbalken vor der Tür. »Brauche ich denn Wachen?«

»Es ist nicht gut, dich allein zu lassen.«

»Gibt es in dieser Burg so viele Gefahren?«

»Nein. Nur uns.« Lars grinste mich an, und seine verspielte Art brachte mich beinah dazu, zurückzulächeln.

»Willst du damit sagen, dass ich vor euch verteidigt werden muss?«

»Nicht vor uns, Herrin«, ergriff Ivar das Wort. »Niemals vor uns. Aber einige der anderen ...« Er sprach nicht weiter. An seiner Wange, wo ihn der wilde Krieger getroffen hatte, prangte ein blauer Fleck.

»Ich verstehe. Ich bin dankbar für euren Schutz.«

»Wir sind dankbar dafür, was du tust«, gab Ivar zurück.

Ich blies die Luft aus. »Noch habe ich nichts vollbracht.«

»Du hast es versucht. Das ist schon mehr, als irgendjemand sonst getan hat.«

»Wir sind dankbar«, wiederholte Lars. »Was immer du brauchst, wir stehen dir zur Verfügung.«

»Tatsächlich?«, erwiderte ich gurrend, und schon scherzten wir wieder. Lars' so bezeichnendes Grinsen trat in sein ungepflegtes Gesicht. Sogar Röte kroch in seine Wangen. »Dann bleibt bitte.« Ich schritt an ihnen vorbei und lächelte bei mir, als ich ihre Blicke auf meinem Hinterteil spürte. Obwohl sie große Männer und vollwertige Krieger waren, kamen mir Ivar und Lars irgendwie jünger vor. Ich fühlte mich in ihrer Gegenwart leichter, wie ein Mädchen, das mit zwei gutaussehenden Burschen liebäugelte, einem dunklen und einem hellen.

Auf einem Tisch stand eine Schüssel mit frischen Feigen neben einem Krug und einigen Bechern.

»Ist das für mich?«, fragte ich und meinte die Erfrischungen.

»Ja. Wir haben es gebracht, Herrin.« Lars scharwenzelte hinter mir her.

»Danke.«

»Es wäre klug, nur das zu essen oder zu trinken, was wir bringen«, riet Ivar, der an der Tür geblieben war. »Nicht, weil jemand dich vergiften wollen könnte«, fügte er hinzu, als er meinen besorgten Blick bemerkte. »Es ist nur so ... wir haben keine Küche.«

»Der König unterhält keinen Koch?«

»Der König ist sehr mächtig, aber er hat keinen Hofstaat. Zumindest keinen üblichen.«

Er braucht keine menschlichen Diener. Allerdings hatte Tristan nichts von unmenschlichen Untergebenen gesagt. Wenn der König seine Magie sogar für Alltägliches benutzte, musste er in der Tat äußerst mächtig sein. Zu mächtig für mich, um es mit ihm aufzunehmen, selbst wenn ich im Vollbesitz meiner Kräfte gewesen wäre.

Vielleicht war ich an einem zu späten Zeitpunkt eingetroffen.

»Ich verstehe. Anscheinend ist es eine Weile her, dass der König zuletzt Gäste hatte.«

»Ja, Herrin.« Ivar klang erleichtert über mein Verständnis. Wahrscheinlich belauschte der Totenkönig unser Gespräch. Und wenn nicht er, dann einer seiner magischen Diener. Ich würde dem Beispiel dieser Krieger folgen und darauf achten, was ich von mir gab.

Mein Magen knurrte. Ich berührte eine der Feigen und zögerte.

»Keine Sorge«, ermutigte mich Lars. »Wir haben sie erst vorhin für dich gepflückt.«

»Danke«, murmelte ich. Die Feigen erwiesen sich als süß, ihre Säfte als kühl und erfrischend. Die Krieger beobachteten mich hungrig, und mir wurde wieder heiß, entschieden zu heiß. Ich legte die Hand auf meinen Bauch, um mich zu beruhigen. Es lag lange zurück, dass mich zuletzt ein Mann auf diese Weise wahrgenommen hatte. In meiner Zeit kennzeichnete mich meine Magie als »anders«. Zwar kam ich auch diesen Kriegern seltsam vor, dennoch sahen sie mich als schlichte Maid, nicht als Hexe. Eine weitere Nebenwirkung des Zaubers, der mich meiner Magie beraubt hatte.

Meine Hand senkte sich auf den Krug, der nicht mit Wasser, sondern mit Wein gefüllt war. »Möchtet ihr etwas trinken? Es ist mehr als genug da.«

Beide Krieger murmelten zustimmend, und ich schenkte übertrieben konzentriert ein. Lars nahm seinen Becher mit einem Lächeln entgegen. Ivar machte keine solchen Anstalten, daher stellte ich seinen Becher auf den niedrigen, von Sofas umgebenen Tisch.

»Also.« Ich lehnte mich gegen das stabile Holz. »Wie seid ihr in der Garde des Königs gelandet?«

»Wir sind seinen Rängen beigetreten, sobald wir von unseren Müttern abgestillt wurden«, behauptete Lars und trank seinen Wein.

»Was?« So jung?«

»Lars übertreibt«, stellte Ivar klar. »Aber die Ausbildung beginnt in jungen Jahren.«

Lars zuckte über meine Verblüffung mit den Schultern.

»Wir wurden dazu geboren. Etwas anderes haben wir nie gekannt.«

»Sind gerade viele in Ausbildung?«

»Niemand«, antwortete Ivar. »Lars ist einer der Jüngsten.«

»Der Jüngste, aber der Beste«, prahlte Lars. »Ivar und ich sind beide Hauptmänner. Zusammen mit zwei anderen bilden wir die Ehrengarde des Königs.«

»Ehrengarde? Weil ihr so viel Ehre besitzt?«, scherzte ich.

»Genau.« Lars grinste und trank mehr Wein. »So ist es, Herrin. Und wir sind bessere Krieger als andere.«

»Und so bescheiden.« Ich ging hinüber, um seinen Becher aufzufüllen, und stellte den Krug auf einen niedrigen Tisch zwischen uns. Dann setzte ich mich und forderte ihn mit einer Geste auf, es mir gleichzutun. Als er meiner Einladung nachkam, biss ich mir auf die Innenseite der Wange, um nicht zu lachen. Durch seine gewaltige Größe nahm sich das niedrige Sofa winzig aus. Und er war nicht der größte Krieger, den ich an diesem Ort gesehen hatte.

»Aber es stimmt. Wir sind die besten Kämpfer. Wir laufen schneller, wir schießen weiter. Und wenn wir jagen, fangen wir unsere Beute immer.«

»Immer? Unabhängig von der Beute?«

Lars beugte sich vor. Der Schimmer in seinen Augen ließ mich erröten. »Immer, Herrin.«

»Nenn mich Yseult.«

»Herrin Yseult.«

»Nur Yseult. Ich bin keine Herrin.«

»Für uns schon.« Lars' Lächeln wurde schüchtern. Wie viele Frauen hatte er mit diesem jungenhaften Grinsen schon verführt? Seine langen blonden Locken umrahmten sein Gesicht und luden mich ein, sie zurückzustreichen. Einen verrückten Moment lang spielte ich mit dem Gedanken, mich vor ihm auf den niedrigen Tisch zu setzen und genau das zu tun.

»Lars«, sagte Ivar abrupt. »Der Befehlshaber wollte, dass jemand an der Nordwand patrouilliert.«

»Dann geh«, gab Lars zurück und lächelte mich weiter an.

Mit einem missbilligenden Klirren seiner Rüstung verneigte sich Ivar vor mir und ging.

»Verzeih meinem Bruder. Er ist es nicht gewohnt, mit Herrinnen zu sprechen.«

»Und du schon?«

»Das müssen die Herrinnen entscheiden.« Er versteckte sein Lächeln hinter seinem Becher.

»Nun, ich bin keine Herrin.« Ich strich mein Kleid glatt. »Aber ich finde, du drückst dich gewählt aus. Du besitzt eine geschickte Zunge.«

»Du hast ja keine Ahnung.«

Ich errötete und räusperte mich. »Ich nehme deinem Bruder nicht übel, dass er sich in meiner Nähe nicht wohlfühlt. Ich bin eine Außenstehende.«

»Das ist es nicht. Seine Mutter hatte die Weitsicht. Eine Prophetin. Sie hat einen Teil ihrer Fähigkeiten an ihn weitergegeben. Das macht ihn ...«

»Düster?«

»Vorsichtig. Zurückhaltend.«

»Ich könnte mir vorstellen, dass ich auch ernster wäre, wenn ich all die Dinge sähe, die eintreten könnten.« Ich erwähnte nicht, dass ich ein wenig die Gabe der Hellsicht besessen hatte – oder vielleicht immer noch besaß, falls meine Magie je zu mir zurückkehrte. »Stell dir nur vor, das eigenes Leben – oder den eigenen Tod – vorherzusehen.«

»M-hm«, brummte Lars hinter seinem Becher, während er trank.

»Erzählt er dir seine Visionen?«

»Aye.« Lars leerte den Becher und griff sich den von Ivar zurückgelassenen. Als er auch ihn ausgetrunken hatte, sagte er unverhofft: »Er hat dich gesehen.«

»Tatsächlich? Wann?«

»Er sagt, er hat von dir geträumt. Nur ...« Die Stirn des hellhaarigen Kriegers legte sich in Falten. »Ich glaube, das habe ich auch. Und Tristan. Wir alle.«

Ich konnte nicht verhindern, dass meine Stimme zittrig wurde. »Worum ging es in dem Traum?«

»Um Mondschein. Und dein Gesicht.«

Ich erhob mich und ging zum Kamin, lehnte mich so an dessen Sims, dass mein Arm mein Gesicht verbarg. »Warum solltest du von mir träumen?« Ich rang mir einen scherzhaften Ton ab. »Einer schlichten Maid?«

»Das weiß ich nicht. Vielleicht ist das der Grund, warum Ivar dir misstraut. Du bist mehr, als du zu sein behauptest.«

Verflucht. Ein halber Tag vergangen, und ich hatte keine Fortschritte erzielt. Wem wollte ich etwas vormachen? Die Hexen hätten eine andere schicken sollen.

Ein leises Rascheln verriet mir, dass sich Lars in Bewegung gesetzt hatte.

»Herrin?« Er berührte mich am Rücken. »Ist alles in Ordnung?«

»Er hat recht. Ich bin mehr, als ich zu sein behaupte.« Es zuzugeben, fühlte ich befreiend an. Seine Berührung brachte mich zum Schmelzen. »Ich bin in einem fremden Land und habe niemanden. Ich besitze nichts, habe keinen Schutz. Deshalb behalte ich Geheimnisse für mich.«

»Ich werde dein Beschützer sein, Herrin.«

Mir stockte der Atem. »Du kennst mich doch gar nicht.«

»Ich weiß alles, was ich wissen muss.« Er legte die Hände auf meine Hüften und drehte mich zu sich um. Als ich ihm nicht in die Augen sah, hob er mein Kinn an. Trotz seiner freundlichen, offenen Art war der blonde Krieger so groß wie alle anderen und besaß starke, vom Halten der Waffen raue Finger. Sein Gesicht war glatt, jung, von keinen Narben gezeichnet. Aber aus seinen Augen sprach eine Weisheit, die über seine Jahre hinausging.

»Hat man dich hergeschickt, um uns zu verführen?«

Ich biss mir auf die Unterlippe und schüttelte den Kopf, so gut es ging, während er mein Kinn festhielt. »Ich kann euch nicht verführen. Diese Kunst beherrsche ich nicht.«

Lars' Mundwinkel krümmten sich. »Ach nein?«

»Bitte. Ich sage die Wahrheit.«

»Das weiß ich, kleine Maid. Ich kann fühlen, ob du lügst oder nicht.« Er neigte mein Gesicht nach oben. Aus der Nähe betrachtet besaß er volle Lippen und Wimpern so üppig wie die einer Frau. »Aber du irrst dich.«

»T-tue ich das?«

»M-hm.« Er ließ die Finger sinken. Mit wild pochendem Herzen sackte ich leicht nach vorn. In jenem Augenblick kümmerte mich nicht, ob er sein Schwert zücken und mich durchbohren würde. Ich wollte nur in seiner Nähe sein.

»Ich glaube, du weißt, wie man einen Mann erfreut.«

Hitze durchströmte mich und brachte meine Wangen zum Lodern. Ich starrte ihn an, als seine blauen Augen plötzlich golden leuchteten.

»Du hast bereits die Hälfte der Krieger hier verführt.« Mit einem verschmitzten Lächeln zupfte er an einer Strähne meines Haars.

»Nur die Hälfte?«

Er legte die Hand auf mein Schlüsselbein. Mein Herz

vollführte unter seiner Handfläche einen Satz. »Willst du noch mehr verführen?«

»Nein ... ich will gar niemanden verführen.«

»Zu spät.« Er beugte den Kopf herab. Sein Atem vermischte sich mit meinem. »Zu spät.«

Als sich unsere Lippen berührten, flammte Hitze in mir auf und entfachte ein Feuer in meinem Leib. Es verzehrte mich, breitete sich rasend in meiner Brust und meinen Gliedern aus und sammelte sich in meinem Schoß. Lars' weiche Lippen erwiesen sich als selbstsicher. Während wir uns küssten, wanderte seine Hand auf meinen Rücken und drückte mich enger an ihn. Seine Schultern krümmten sich, als müsste er sich darauf konzentrieren, sanft zu sein, und sein Körper drehte sich so, dass er mich vor dem Raum abschirmte. Ich war gefangen zwischen seiner großen Gestalt und dem Kaminsims, befand mich in einem warmen Kokon, in einer perfekten Zuflucht für einen heimlichen Kuss.

Nur war er nicht so geheim.

In der Nähe räusperte sich jemand. Erschrocken zuckte ich zurück und hätte mir den Kopf am Kaminsims angeschlagen, wenn Lars ihn nicht mit seiner Handfläche davor bewahrt hätte.

Ich werde dein Beschützer sein.

Tristan stand mit seinem Helm in der Hand am Eingang. Sein Blick fegte über uns hinweg und bemerkte die leeren Weinbecher.

»Ich brauche dich am nördlichen Tor.« An seinem Tonfall konnte ich nicht erkennen, ob er wütend oder belustigt war.

Lars nickte. »Herrin.« Er verneigte sich und nahm sich Zeit, meine Hand zu küssen. Bei der Berührung seiner Lippen durchzuckte mich erneut ein Hitzeschwall, der sich diesmal zu einem lodernden Punkt zwischen meinen Beinen verdichtete. »Auf Wiedersehen.«

Ich blieb am Kaminsims. Mein Herz schlug schnell. Ein Teil von mir taumelte ob der Ereignisse, ein anderer Teil schwebte in lichten Höhen.

»Nun denn.« Als Tristan den Raum betrat, flatterte sein Umhang hinter ihm wie ein Banner. »Wie ich sehe, hast du eine vergnügliche Zeit.«

»Wein, Herr?«, fragte ich und durchquerte den Raum zum Krug. Obwohl meine Hand leicht zitterte, fand ich, dass ich recht gut einschenkte. Bis sich Tristans Finger um meinem Handgelenk schlossen und das Zittern beendeten.

»Du bist gerötet«, merkte er an. »Vielleicht solltest du nichts mehr trinken.«

Ich hatte gar keinen Wein getrunken. Mit den Händen an den Wangen trat ich einen Schritt zurück. Meine Lippen kribbelten noch von der Erinnerung an Lars' Kuss.

Wie lange war es her, dass ich zuletzt mit einem Mann geschäkert hatte? Es fehlte mir an jeglichem Geschick. War ich schon immer eine so unbeholfene, plumpe Frau gewesen? Ich konnte mich nicht mehr erinnern, wer ich gewesen war, bevor Magie mich in Yseult verwandelt hatte, eine mächtige Hexe, die der Welt ihren Willen aufzwang. Der Zauber hatte mir all das genommen. Ungeschickt hin, ungeschickt her, ich musste einen neuen Weg beschreiten.

Mittlerweile ragte Tristan über mir auf. Von der Nähe seiner Gegenwart wurde mir schwindlig. Ich konnte nicht verleugnen, wie hingezogen ich mich zu diesem eroberungsfreudigen Krieger fühlte.

»Er hat dich geküsst.«

»Ja.« Ich konnte ein verhaltenes Lächeln nicht verhindern.

Tristans Züge verhärteten sich.

»Ist es eine Angewohnheit von dir, fremde Männer zu küssen?«

»Er ist kein Fremder. Er ist mein Beschützer.«

»Du kennst ihn erst seit einem Tag.«

»Noch nicht einmal so lange. Aber Liebe schert sich nicht um Zeit.«

Der Atem strömte so schnell aus ihm, dass seine Schultern herabsackten. Sein enttäuschter Gesichtsausdruck traf mich wie ein Schlag.

»Nein«, besserte ich mich hastig aus, »ich habe Unsinn gesprochen. Es ist nur eine flüchtige Hingezogenheit. Dein Bruder hat gerne Spaß.«

»Du musst dich in Acht nehmen, Herrin. Deine Zeit gehört nicht dir.«

Das wusste ich. Irgendwie musste ich den Zauber brechen. Aber ich nahm von keinem Mann Befehle entgegen, ob Anführer oder nicht. »Ich küsse, wen immer ich will«, sagte ich barsch.

Er packte mich am Arm und zog mich an seine Brust, bevor ich dagegen protestieren konnte. »Wirklich?«

Er war mir so nah, dass sein Atem mein Gesicht streichelte. »Tust du das, Herrin?«

Blinzelnd musterte ich ihn und seine perfekten Lippen. Gefährliche, *gefährliche* Lippen.

»Wer würdig ist, den küsse ich.«

»Würdig?«

»Nur wenige Männer führen mich in Versuchung. Ich schüttelte den Kopf. »Ich war schon lange nicht mehr in Versuchung.«

»Dann fühlen wir uns geehrt, dass du in unseren Reihen Versuchung findest.«

»Zu viel Versuchung, Befehlshaber.«

Wie schon etliche Male an jenem Tag errötete ich und

zitterte in der Gegenwart eines Mannes. Was stimmte nicht mit mir? Auch ohne Magie sollte ich mehr Herrschaft über mich besitzen.

Dann erkannte ich voll Schrecken: Ich war eine *Holzmouwa*. Ein Geschöpf mit irdischen Begierden. Von der Göttin mit Leidenschaft beseelt. Das Fieber würde mich überkommen. Ich hatte es hinter mir gelassen, als ich meine Einführung in die heiligen Künste erhielt. Die Macht, mit der ich arbeitete, verbrannte meine natürlichen Kräfte.

Tristan musste mein inneres Zurückweichen gespürt haben, denn er ließ mich los.

»Wie gefällt dir deine Unterkunft?«

»Gut, Herr.«

»Bist du hungrig? Ich möchte nicht, dass du als unser Gast unsere Bewirtung unzulänglich findest.«

Ich schüttelte den Kopf und faltete die Hände. Die Schüssel mit Feigen stand noch auf dem Tisch, aber im Augenblick konnte ich sie nicht essen. Sie waren ein Geschenk von Lars. Der Saft und die Süße würden mich an ihn und seinen Kuss erinnern.

Warum hatte mir der Zauber so viel genommen und lieferte mich der Gnade der Paarungslust aus? Warum hatte die Göttin es zugelassen? Hörte sie nicht unsere Gebete darum, den Totenkönig zu besiegen? Oder war ich unwürdig?

»Komm mit. Ich zeige dir etwas.«

Er führte mich aus den Gemächern, und ich war zu tief in Gedanken versunken, um zu protestieren. Nach einem Labyrinth von Gängen gelangten wir knapp innerhalb der Burgmauern nach draußen. Krieger liefen in der Festung herum. Alle drehten sich nach uns um, als Tristan mich vorbeiführte. Ich behielt den Schleier über dem Haar, doch das spielte keine Rolle. Ich verkörperte die einzige Frau. Für sie musste mein Geruch wie ein süßer Leckerbissen sein. Ich wusste aus meiner eigenen Zeit, dass Berserker eine *Holzmouwa* wittern konnten. Mein Körper glich für sie dem Lied einer Sirene.

Wir erreichten einen verwaisten Hof und eine Steintreppe, die auf die Mauer hinaufführte. Tristans Umhang wehte beim Aufstieg im Wind.

»Das wolltest du mir zeigen?« Beim letzten Schritt zögerte ich. Vielleicht wollte er mich dort oben haben, um mich hinunterzuwerfen.

Er stellte sich an den Rand und gab mir ein Zeichen. »Beunruhigt? Ich werde dich nicht fallen lassen.«

Sein herausfordernder Ton entschied für mich. Verwegen trat ich an den Rand der Mauer. Gebrüll drang ebenso zu uns herauf wie Rufe und das Klirren von Axt und Schwert, die auf Schilde prallten. Auf dem Feld unten standen sich Krieger gegenüber.

»Sie üben.« Tristan nickte seinen Männern zu, und ich rückte näher.

Ein Riese stand in der Mitte eines Kreises von Männern, brüllte und forderte alle heraus, die sich ihm näherten. Die Herausforderer griffen an, und er wehrte sie alle ab. Sein dröhnendes Gelächter hallte von den Steinmauern wider. Er kam mir bekannt vor, aber das konnte nicht sein …

»Ist das …«

»Der Krieger, den du gerettet hast.«

»Es geht ihm schon wieder gut?«

Langsam nickte Tristan.

»Zweifelst du an den eigenen Kräften?«

»Ich besitze keine Kräfte«, beteuerte ich und beobachtete, wie der riesige Krieger zwei Männer angriff und ihren Äxten und Klingen mit den eigenen Waffen begegnete.

»Das glaubst du nur.« Tristan runzelte die Stirn.

Ich zuckte mit den Schultern. »Ich war früher sehr mächtig. Jetzt bin ich es nicht mehr.«

Der Befehlshaber wandte sich wieder dem beeindruckenden Kampf unten zu. »Du bist mächtig genug.«

Auf dem Übungsfeld wirbelte der dem Kampfwahn erlegene Krieger herum und entwaffnete einen seiner Gegner mit einem wilden Schrei. Er trat die zu Boden gefallene Axt weg und richtete seinen Angriff gegen den verbliebenen Herausforderer, der innerhalb weniger Augenblicke fiel.

Siegesgebrüll erhob sich vom Feld, und die Krieger schlugen auf ihre Schilde. Der große Recke, kein Gefangener mehr, schaute zu seinem Befehlshaber und mir herauf. Der rote Umhang des Anführers und mein weißes Gewand flatterten im heftigen Wind.

»Herrin!« Die Zinnen schienen unter seinem Ruf zu erzittern. »Ein Pfand.«

Mein Herz flatterte, als sich sämtliche Krieger mir zuwandten. Mein Blick jedoch galt nur dem größten Kämpfer von allen. Ich hatte nichts von mir, was ich ihm geben konnte. Also löste ich mein Kopftuch und ließ es vom Wind aus meinen Händen in seine tragen. Er hob es sich an die Lippen, bevor er es sich ans Herz drückte.

Ich wartete noch kurz. Mein Haar peitschte im Wind wie eine helle Fahne. Dann drehte ich mich um und folgte Tristan, der mich wegführte.

Auf der letzten Stufe stolperte ich und wäre beinah gestürzt. Tristan fing mich auf und fluchte. »Du brauchst Nahrung.«

»Nein.« Ich hatte für diese Reise gefastet, nur Honig gegessen. Mein Körper war stark genug.

»Du wirst mir gehorchen«, ließ er mich schroff wissen.

Ich befreite mich aus seinen Armen und knickste

höhnisch. So schwach, dass ich mich einem Mann unterwerfen musste, war ich zuletzt vor vielen Jahren gewesen.

»Stures Frauenzimmer«, schimpfte er, als er mich mit sich zog. Er brachte mich nicht in meine Gemächer, sondern zu einem niedrigen Bau in der Nähe der Mauer, ausgestattet mit einem langen Tisch und Bänken. Der Duft von gebratenem Fleisch lag in der Luft.

Ein vertrauter dunkler Krieger erhob sich, als wir eintraten.

»Ivar«, begrüßte Tristan ihn. »Wo ist Lars?«

»Kurz davor, sich dem Herausforderer auf dem Feld zu stellen.« Zu meiner Überraschung verneigte sich der bärtige Krieger vor mir. »Gut gemacht, Herrin.«

Ich biss mir auf die Unterlippe, um mir die Entgegnung zu verkneifen, dass ich wenig getan hatte. In Wirklichkeit wusste ich gar nicht, was ich getan hatte. Ein wenig Macht besaß ich, kaum spürbar, unterschwellig. Allerdings wusste ich nicht, wie ich sie nutzen konnte oder was sie wert war.

»Was schwach und zerbrechlich erscheint, besitzt oft mehr Macht, als man ahnt«, meinte Ivar, als hätte er meine Gedanken gelesen.

Ich starrte ihn an. Mit einem verhaltenen Lächeln auf den Lippen legte er den Kopf schief. Die Besorgnis war aus seinen Zügen verschwunden, wodurch er jünger wirkte, fast so jung wie Lars. Und gutaussehend. Hitze wirbelte durch mich, eine schwindelerregende Wärme, die anschwoll, nachließ und wieder anschwoll, als Tristan meinen Arm berührte und mich auf die Bank setze.

Der Befehlshaber klopfte an eine kleine Holztür über einer Theke. »Essen für einen.«

»Du bewirtest sie im Speisesaal der Krieger?« Ivar zog eine Augenbraue hoch.

Tristan knurrte und erwiderte: »Besser etwas von hier als das, was vielleicht sonst aufgetischt würde.«

Ivar nickte dazu.

Die Tür öffnete sich knarzend, und der Geruch von Essen schlug mir heftig entgegen. Ich starrte auf die Holzmaserung des Tischs und fragte mich, ob sich mein Magen beruhigen würde. Ich wollte mein Unbehagen auf den Zauber, die Magie des Totenkönigs und die Ereignisse des Tages schieben. In Wahrheit jedoch brachte mich die Nähe so vieler gutaussehender Krieger aus der Fassung. Es lag viele Jahre zurück, dass ich zuletzt solche Gefühle hatte – so lange, dass ich mich gar nicht daran erinnern konnte. Ich war noch ein Mädchen, als ich mich den Akolythen anschloss und meine nicht weltliche Ausbildung begann. Von Eingeweihten wurde erwartet, dass sie rein waren. Männer verdrehten uns nicht die Köpfe. Und wenngleich ich mit Kriegern geschäkert hatte – mit Berserkern meiner eigenen Zeit –, hatte ich noch nie so wie nun empfunden.

Ich wagte einen Blick zu Ivar. Der Krieger entbot mir eine freundliche Miene, als wüsste er um meinen inneren Kampf. Ich wünschte, ich hätte meine Magie, könnte sie um mich scharen wie einen Schild. Ich würde mich wieder wie ich selbst fühlen, wenn ich mich verstecken könnte.

Tristan stellte pochend einen Teller vor mir ab. »Iss.«

Ich starrte auf die Mahlzeit – getrocknete Feigen, Fleischeintopf, ein paar Scheiben Brot.

»Schmeckt gut«, sagte Ivar und benutzte sein eigenes Brot zum Tunken der Soße. Er lehnte sich auf dem Stuhl zurück, als ich versuchte, den Kloß in meinem Hals hinunterzuschlucken. »Wie läuft der Besuch unseres Gasts, Befehlshaber?«

Als Tristan nicht antwortete, hob ich den Blick und sah in Ivars dunkle Augen. »Ich soll den König kennenlernen.«

Tristan knurrte und klang dadurch mehr wie ein Tier als wie ein Mensch. Ivar bedachte ihn mit einem eindringlichen Blick.

Der Befehlshaber setzte sich neben mich, ergriff eine Scheibe Brot und riss sie in Brocken. »Nach dem Essen bringen wir dich zum Baden und bereiten dich auf deine Audienz vor. Heute Abend wirst du mit ihm speisen.«

Ich krallte die Hände in mein Kleid. Dass es so bald passieren würde, hatte ich nicht geahnt. Ich hatte gedacht, mir würde Zeit bleiben, um mich vorzubereiten, obwohl ich ohnehin nicht viel tun konnte.

Nach einer Weile seufzte Tristan. »Herrin.« Er rutschte näher und bot mir das Brot an.

Ich schüttelte den Kopf.

»Lass mich«, sagte Ivar.

»Na schön.« Tristan stand auf. »Ich muss mich vergewissern, dass nicht die Hälfte meiner Krieger auf dem Übungsfeld unserem Stärksten zum Opfer gefallen ist. Liefere sie bei den Bädern ab.«

Die Luft wurde schwer, als Tristan uns allein zurückließ. Ich beobachtete Ivar aufmerksam, als er sich neben mich setzte. Er hatte zuvor missbilligt, dass Lars mit mir geschäkert hatte. Aber das Lächeln zwischen dem kurz gestutzten Bart verriet mir, dass er es inzwischen nicht mehr so streng sah.

»Fang mit einer Feige an.« Er hielt eine hoch, bis ich den Mund öffnete. Dann fütterte er mich damit.

»Gut, oder? Wir bekommen Wagenladungen davon als Tribut. Mir wurde gesagt, sie trocknen auf dem Weg hierher.« Er ergriff ein weiteres Stück.

»Als Nächstes Honigkuchen. Komm, das ist Lars' Leibgericht. Seine Mutter hat Honigkuchen gemocht, und er erinnert sich an sie.«

Zwischen den Bissen fragte ich: »Erinnerst du dich an deine Mutter?«

»Manchmal. Ich träume von ihr.« Er presste die Lippen fest zusammen, während er mich weiter fütterte.

»Ich habe sie nie kennengelernt. Sie ist bei meiner Geburt gestorben. Lars' Mutter hat mich gesäugt. Sie ist es, an die ich mich erinnere.«

Er setzt dazu an, mir einen Kuchen anzubieten. Und als ich den Kopf vorbeugte, um ihn anzunehmen, riss er ihn zurück, nahm stattdessen selbst einen Bissen und zwinkerte mir zu. »Ihretwegen mag ich auch Honigkuchen.«

Ich lächelte über seine Verspieltheit. Er wischte einige Krümel von meinem Kleid.

»Isst du Fleisch?«

Ich schüttelte den Kopf.

»Schade. Ich bin ein guter Jäger.«

»So bescheiden«, zog ich ihn auf.

Er lachte, und das Geräusch wärmte mir das Herz. Bei unserer ersten Begegnung war mir Ivar so ernst vorgekommen. Ich fragte mich, was sich geändert hatte.

»Dich jedenfalls habe ich mühelos gefangen«, erinnerte er mich.

»Ich bin auch nicht weggerannt. Hätte ich es getan, hättest du wesentlich härter um den Sieg kämpfen müssen.«

»Dann hoffe ich, dass du nie vor mir wegläufst.«

Unsere Blicke begegneten sich, und wieder durchströmte Hitze meinen Körper, als hätte er mich berührt. Er besaß eigene Gaben, wenngleich ich nicht wusste, welche. Und ich würde es auch nie erfahren, wenn ich meine Aufgabe erfüllte und im Morgengrauen aufbräche.

Der Gedanke stimmte mich traurig.

Als hätte er meinen Gefühlswandel gespürt, ernüchterte

er. Eine Zeit lang schwiegen wir. Er spielte mit seinem Becher.

»Es ist sehr mutig von dir, dass du hergekommen bist.«

»Ich hatte keine Wahl.« Ich gestand nicht, weshalb ich hergekommen war. Das würde meinen Tod bedeuten. Wenn einer der Berserker Verrat witterte, würde man mich einsperren und foltern. Wer würde letztlich die Axt des Henkers schwingen – Tristan? Ivar? Oder der riesige Krieger, den ich gerettet hatte?

»Der Mann auf dem Feld ...« Ich zögerte, bis Ivar mich mit einem Nicken ermutigte, weiterzusprechen. »Wie heißt er?«

»Hat er es dir gesagt?« Ivars dunkle Augen bedachten mich mit einem stechenden Blick.

»Als ich ihn getroffen habe, konnte er sich nicht erinnern.«

»Ich wette, er erinnert sich jetzt. Oder er wird es noch, nachdem er durch ein paar Stunden mit Übungskämpfen den Kopf freibekommen hat. Wenn er es dir nicht gesagt hat, dann steht es mir nicht zu.« Ivar bot mir noch einen Bissen an, und als ich den Kopf schüttelte, wischte er sich die Hände ab und stand auf. »Komm mit. Es ist an der Zeit, die Bäder aufzusuchen.«

LARS

D er Krieger mir gegenüber trug weder Helm noch Rüstung. Dennoch stürmte er an, als könnte seine Haut eine Klinge ablenken. Ich stürmte ihm meinerseits entgegen. Schwert prallte auf Schwert, mit einem Klirren, das mir in den Ohren dröhnte. Ich grunzte unter dem Gewicht meines größeren Kameraden, während meine Füße scharrend im Staub nach Halt suchten. Er war größer, aber ich schneller. Ich ging in die Knie, tauchte unter seiner zermalmenden Masse hervor, huschte davon und ritzte mit dem Schwert dabei sein Bein. Wutentbranntes Gebrüll hallte durch die Luft.

Hastig wirbelte ich zu meinem Gegner herum. Erleichtert stellte ich fest, dass er lächelte.

»Du hast das erste Blut vergossen, Lars«, riefen die uns beobachtenden Krieger voll Respekt. Mein Gegner nickte anerkennend und gab das Zeichen zum Ende des Übungsstreits.

»Gut gekämpft«, lobte er. Ich grinste zurück und reinigte mein Schwert, während er sich auf die Knie stützte, um zu

Atem zu gelangen. Mit einer Hand rieb er sich das Handgelenk, das noch den Abdruck einer Schelle erkennen ließ.

»Es war ein guter Kampf«, stimmte ich ihm zu und näherte mich ihm. Als er sich aufrichtete, überragte er sogar mich, der ich unter den Berserkern als groß galt. »Obwohl ich zugeben muss, dass es so oder so hätte ausgehen können. Morgen besiegst du mich vielleicht.«

Er grunzte, und ich trat noch näher, senkte die Stimme. »Es ist schön, dass du zurück bist.«

»Es ist schön, zurück zu sein. Ich muss zugeben, darüber bin ich überrascht. Die Bestie hat sich aufgebäumt.« Er schüttelte den Kopf. »Ich dachte, das wäre das Ende.«

»Das war es auch ... bis sie gekommen ist.« Ich musste die Herrin Yseult nicht namentlich erwähnen.

»Sie hat mich berührt«, sagte er mit Ehrfurcht in der Stimme. »Eine Berührung, und mein Geist wurde klar.«

»Lars«, rief jemand. Als ich mich umdrehte, überquerte der Befehlshaber das Feld. Mein Gegner und ich salutierten vor ihm, und Tristan bedachte ihn mit einem besonderen Gruß, bevor er mir bedeutete, ihm zu folgen.

»Befehlshaber.« Ich wischte mir das verschwitzte Gesicht am Hemd ab, als er im kühlen Schatten der Mauer stehen blieb. »Was führt dich hierher? Wo ist die Herrin?«

»Der König wünscht, sie heute Abend zu sehen.«

»Heute Abend?«, wiederholte ich. Dabei hatte ich gedacht, uns würde mehr Zeit bleiben.

Die Frustration in Tristans Gesicht besagte denselben Gedanken. In der Vergangenheit hatten wir zusammen daran gearbeitet, Maiden vor dem Augenmerk unseres Königs zu schützen. Dabei hatten wir ihm niemals unverhohlen getrotzt, nur die Frauen beschützt, die ihm sonst vielleicht zum Opfer gefallen wären. Frauen wie unsere Mütter.

Aber diesmal sollte es nicht sein. Yseult war zu beson-
ders, um nicht bemerkt zu werden.

»Gaul«, sagte ich, und Tristan nickte. Der Spion des
Königs in den Rängen der Garde. Es wäre nicht schade,
wenn er auf Patrouille einen Unfall erlitte – oder auf dem
Übungsplatz.

»Gaul muss unserem Lehnsherrn die Neuigkeit über-
bracht haben. Yseults Audienz ist heute Abend. Der König
wird sie zur Braut nehmen, und dann ...« Er schüttelte den
Kopf. Tristan wusste so gut wie ich, was mit den Gemahlinnen des Königs geschah.

Auf dem Übungsfeld lachte der größte Krieger von uns,
als er gegen sechs Männer gleichzeitig kämpfte. Noch vor
Stunden war er ein tobender Wahnsinniger gewesen.

Wer auch immer diese Frau war, sie besaß den Schlüssel
zu unserer geistigen Gesundheit. Unserer Rettung. Nach
Jahrzehnten des Wartens, in denen uns der Fluch der
Berserker zermürbt hatte, schöpften wir endlich Hoffnung.

»Wir müssen sie retten«, flüsterte ich.

»Das müssen wir«, pflichtete Tristan mir entschlossen
bei. »Nur wie?«

16

YSEULT

var führte mich zurück in die Burg und durch so verwinkelte Gänge, dass ich bald alle Hoffnung fahren ließ, je den Weg zurück zu einem mir bekannten Raum zu finden. Vielleicht setzte der Hexer seine Magie ein, damit die Korridore jedwede Gäste zu sehr verwirrten, um sie sich einzuprägen. Ein Labyrinth, eine weitere Verteidigungsschicht.

Schließlich gelangten wir zu einem großen Eingang aus Marmor. Die Luft fühlte sich weicher an, feuchter. Unsere Schritte hallten wider.

»Hier hinein.« Ivar wich zur Seite und überließ mir den Vortritt. Das lange Becken in der Mitte des Raums, den Säulen und gefliese Wände säumten, verschlug mir den Atem. Hoch, hoch über dem Becken ließen Fenster unmittelbar unter der prächtigen Gewölbedecke ein wenig Licht herein. Farbwirbel zogen mein Auge an – Wandmalereien, mit denen es kein Bild aufnehmen konnte, das ich je gesehen hatte.

»Das ist wunderschön«, hauchte ich.

»Ja, wunderschön.« Er lächelte, aber seine Aufmerksam-

keit schien eher mir zu gelten. »Quellen tief in der Erde
wärmen die Bäder. Viel Spaß, Herrin.« Er verbeugte sich.
»Ich schicke jemand anderen, der dich abholt.«

Dankbar für ein Weilchen allein tappte ich zum Becken
und lehnte mich über das stille Wasser. Mein Spiegelbild
blickte mir entgegen. Ich sah jünger aus, irgendwie weicher.
Im Verlauf der Jahre hatte die Magie, die ich gewirkt hatte,
mich geprägt, mich geformt. Die Yseult, die mir aus dem
Wasser entgegenblickte, war eine schlichte Maid, unbefleckt
von jeglicher List. Konnte sie es mit jemand so Mächtigem
wie dem Totenkönig aufnehmen?

Ich hockte mich hin und starrte ins Wasser. Ich
wünschte, es wäre eine Kristallkugel und könnte mir einen
Hinweis auf meine Zukunft liefern. Wie lange ich dort saß,
vermochte ich nicht zu sagen. Erst, als mein Spiegelbild mit
dem eines anderen verschmolz, schaute ich auf.

Tristan stand über mir, die Stirn in Falten. »Du hast
nicht gebadet.«

Ich stützte den Kopf auf die Knie. Mein trockener
Zustand war mein einziger Trost.

»Gefällt dir dieser Ort?« Er sah sich im Raum um. Seine
Stimme hallte zwischen den Wandmalereien wider.

»Er ist friedlich. Wer hat diese Bäder gebaut?«

»Die Römer. Von ihnen stammen auch die Wandmalereien.«

»Erstaunlich. Sie sind ein großartiges Imperium.« Ich
sagte ihm nicht, dass ihre Bäder in tausend Jahren nur noch
eine Erinnerung sein würden, ihre Wandmalereien abge-
platzt, ihre Straßen bröckelnd. So viel Größe, in Vergessen-
heit verblasst. »Will es dein Lehnsherr mit ihnen
aufnehmen?«

»Das tut es bereits. Aber sprechen wir nicht von ihm.«

Tristan legte den Helm ab und deutete auf das Wasser. »Du musst dich vorbereiten.«

»Ich habe nichts zum Anziehen.«

»Kleidung wird gerade zurechtgelegt.«

»Von wem?«

Er schüttelte den Kopf.

»Hast du jemanden ins Dorf geschickt? Mit dem Krieger gesprochen, der die hier für mich gefunden hat?« Ich hob erst einen Fuß, dann den anderen, zog die Stiefel aus, die er mir gegeben hatte, und ließ sie mit einem dumpfen Pochen zu Boden fallen.

Er schüttelte den Kopf, wandte sich ab und betrachtete die Mauer.

»Wo sind all die Diener des Königs?«

»Wir dienen ihm.«

»Ich meine seinen Hofstaat. Warum ist dieser Ort so leer?«

Tristan drehte den Kopf gerade weit genug, dass ich sehen konnte, wie er eine Augenbraue hochzog. »Erfreut dich unsere Gesellschaft nicht?«

»Du weißt, dass sie es tut.« Ich ließ all meine unterschwellige Leidenschaft in meine Stimme fließen.

Das brachte ihn dazu, sich mit zerknirschter Miene umzudrehen.

»Bade«, befahl er. »Machen dich bereit. Danach erzähle ich dir vom König.«

»Wirklich?«

»Ich bin gekommen, um dich zu warnen und ...« Mitten im Satz brach er ab. »Ich bin gekommen, um dir mitzuteilen, was dich bei der Begegnung mit meinem Lehnsherrn erwartet.«

Scharf atmete ich ein. »Warum?«

Seine Schultern hoben und senkten sich. »Ich möchte dich beschützen.«

Ich tappte zu ihm. Es verlangte mir alles ab, die Hand nicht auf sein Gesicht zu legen, um die rauen Stoppeln seiner Kieferpartie an der Haut zu spüren. »Warum?« Er war ein Berserker, der seinem Herrn einen Eid geleistet hatte. Warum sollte er mir helfen?

»Mir ist noch nie jemand wie du begegnet. Herrin, bitte ...«

»Du nennst mich Herrin. Du weißt, dass ich das nicht bin.«

»Ich weiß nicht, was du bist«, erwiderte er mit heiserer Stimme.

»Ich bin nur eine Maid«, gab ich mit voller Aufrichtigkeit zurück. Ich hatte mein Spiegelbild im Becken gesehen. In dieser Welt, in dieser Zeit, war ich nur ich selbst. Keine Magie, keine List.

Er starrte über meinen Kopf hinweg. »Du bist mehr, als du zu sein scheinst.«

»Na schön. Ich bade. Wenn ...« Ich zögerte, ging aufs Ganze. »Wenn du mit mir badest.«

Seine Augen wurden groß.

»Bade mit mir, Tristan.«

Ich wich zurück, wartete jedoch auf sein Nicken, bevor ich mir an meiner Kleidung zu schaffen machte, sie mir über den Kopf zog und schließlich fallen ließ.

Tristan hatte sich abgewandt und betrachtete die Wandmalereien. Meine nackte Gestalt wollte er nicht ansehen. Ich lächelte über seine Zurückhaltung.

Freudig stieg ich ins Wasser, das Quellen tief unter der Erde wärmten. Ich strampelte umher, ließ sich ausbreitende Wellen entstehen und plantschte, bis ich Tristans Rüstung fallen hörte.

Ich beobachtete ihn, als er seine Kriegerkluft ablegte. Seine Muskeln spannten sich. Lange Arme, kraftvolle Beine und eine breite, feste Brust offenbarten sich meinem Blick. Als er nur noch einen Lendenschurz trug, begegnete sein Blick dem meinen. Beim letzten Kleidungsstück schaute ich weg. Hitze schoss mir in die Wangen.

Das Wasser säuselte, als er ins Becken stieg. Wieder beobachtete ich, wie sein dunkles Haupt und seine breiten Schultern auf mich zukamen.

»Ist es das, was du wolltest, Herrin?«

Ja, bildeten meine Lippen, doch mir fehlte der Atem, um dem Wort Leben einzuhauchen. Wir schwammen in großen Kreisen umeinander.

»Ich bin froh über deine Gastfreundschaft«, sagte ich zu Tristan. »Danke für deine Begleitung.«

Tristan zögerte. »Was weißt du über den Magier?«

Der Befehlshaber hatte behauptet, er wollte mich beschützen, doch das Vertrauen zwischen uns war zerbrechlich und neu. Er konnte ebenso gut ein Spitzel sein. Ich würde äußerst vorsichtig sein müssen. »Ich weiß, dass er sehr mächtig ist. Seine Reichweite erhöht sich von Jahr zu Jahr.«

Tristan nickte. »Er stammt aus alten Zeiten.«

»In meinem Land erzählt man sich von einem König, der stark sein wollte, um gegen seine Feinde bestehen zu können. Er hatte viele Eheweiber und viele Söhne. Und er wollte mehr Macht. Dann wurde er zu stark und angeblich von den Göttern verflucht.« Ich biss mir auf die Unterlippe und wartete, ob Tristan die Bedeutung hinter meinen Worten verstehen würde.

»Es ist wahr. Er erlangt Macht aus den dunklen Künsten.«

»Er ist ein Hexer«, flüsterte ich. Wie der Magier seine Macht erlangte, wusste ich. Durch Opfer.

»Ich will nicht, dass du zu ihm gehst«, sagte Tristan. Dabei klang er so zerknirscht, dass sich meine Augen weiteten.

»Du bist der Befehlshaber seiner Armee.«

»Und ich habe mein Leben zusammen mit meinen Kriegerbrüdern in seinem Dienst verbracht. Aber was haben wir außer einem langen, endlosen Abstieg in den Wahnsinn erlangt?«

»Also würdest du ihn verraten?«

»Dafür müsste ich einen guten Grund haben. Der einen höheren Zweck erfüllt. Etwas, wofür es sich zu leben lohnt.«

Ich schluckte. Ich konnte kaum seinem Blick begegnen.

Langsam, als wäre ich ein Vogel, der davonfliegen könnte, streckte er mir die Hand entgegen. Zärtlich zog er an einer nassen Strähne meines Haars. »Etwas ... oder jemanden.«

»Tristan«, flüsterte ich. Er spielte weiter mit meinem Haar, blickte mir nicht in die Augen. »Als ich dich zum ersten Mal gesehen habe, hatte ich das Gefühl, dich schon ewig zu kennen.«

»Ich habe von dir geträumt, Herrin.«

Ich bewegte mich vorwärts, ließ das Wasser zwischen uns schwappen. »Bei mir war es mehr als ein Traum. Es hat sich angefühlt wie ... eine Erinnerung.«

»Ivar sagt, es sei eine Frau vorhergesagt, die unsere Gefährtin werden soll.«

Ich lächelte. »Du würdest mich mit deinen Männern teilen?«

Da begegnete er mit blitzenden Augen meinem Blick. »Nicht mit allen. Aber meine Hauptmänner und ich sind mehr als Kameraden. Mehr als Brüder.«

»Dort, wo ich herkomme, nehmen sich die Krieger der Berserker zu zweit Gefährtinnen. Es gibt so wenige Frauen, die sich dafür eignen. Und die Kameradschaft des Kriegerbruders ermöglicht es ihnen, wesentlich länger gegen den Fluch anzukämpfen. Aber Tristan, du kennst mich erst einen Tag. Noch nicht einmal so lange.«

»Ich kenne dich, seit ich zum ersten Mal von deinem Gesicht geträumt habe. Du hast meinen Bruder vor seinem Schicksal bewahrt. Ohne dich wäre er dem Kampfwahn erlegen. Du hast ihn gerettet.« Er kam näher, und ich hatte noch nie zuvor einen Mann bewusster wahrgenommen. Alles in meinem Körper war auf ihn eingestimmt und strebte ihm entgegen.

»Yseult, du hast uns alle gerettet.«

Ich hob das Gesicht, spürte seinen Atem auf den Lippen. Ein schöner Moment – und dann endete er. Zackige Schritte und widerhallende Stimmen ließen mich erschrecken. Tristan trat vor mich hin, als plötzlich Krieger in Sicht gerieten – Lars und Ivar, die Gaul verfolgten. Ich verschränkte die Arme vor der Brust, kauerte mich hinter den großen Befehlshaber und spähte um seinen Arm herum.

Schließlich schafften es Lars und Ivar vor Gaul und stellten sich Schulter an Schulter, hinderten ihn mit gezückten Waffen, sich weiter zu nähern.

»Lasst mich durch. Ich bringe Neuigkeiten vom König.«

»Was für Neuigkeiten?«, dröhnte Tristans Stimme.

Gaul reckte den Kopf »Wo ...«, begann er.

Lars stieß ihn zurück. »Du gehst nicht weiter.«

»Rück deine Botschaft heraus«, befahl Ivar.

Der ehrgeizige Krieger starrte sie beide finster an. »Der König hat Geschenke für seinen Gast geschickt. Sie sind in ihren Gemächern.«

»Und sie übermittelt als Antwort ihren Dank«, ergriff Tristan das Wort. »Jetzt lass uns allein.«

Gaul zog sich zurück, blieb aber noch einmal stehen. »Pass auf, Befehlshaber, dass du nichts anrührst, was nicht dir gehört.«

»Das reicht.« Lars trat vor und stieß Gaul zurück. Ivar hielt seinen blonden Kriegerbruder mit einer Hand auf dessen Schulter zurück.

Die drei gingen so schnell, wie sie gekommen waren.

Tristan fluchte.

Bevor ich die Hand heben konnte, um ihn zu berühren und zu beruhigen, watete er davon und verließ das Becken. Wasser perlte von seiner nackten Gestalt.

Als ich aus dem Wasser kam, war er bereits angezogen und hatte den Helm aufgesetzt. Mein Herz schmerzte. Mein Leben lang war ich allein und zufrieden gewesen, erfüllt von meiner Macht. Aber ich brauchte diesen Mann wie keinen anderen. Seine Nähe, seine Berührung, seine Stärke verliehen mir die Kraft, mich der größten Bedrohung meines Lebens zu stellen.

»Tristan ...«

Er stand wieder vor den Wandmalereien und wollte sich nicht umdrehen. »Es war falsch von mir, mit dir zu baden. Ich werde die Lage nicht noch einmal ausnutzen.«

»Du ...«

»Ich bin der Befehlshaber des Königs. Du bist sein Gast. Es wird nicht wieder vorkommen.«

Ich biss mir auf die Zunge. Am liebsten hätte ich getobt und geschrien. Ich hatte nur einen Tag, um meine Pflicht zu erfüllen, sofern ich konnte. Am Ende würde ich entweder weiterleben oder sterben.

Nun jedoch war ich nicht mehr bereit, zu sterben. Nicht ohne all meine Geheimnisse diesem Mann zu verraten, der bereits so viel über mich zu wissen schien.

Ich hatte mein Gewand zerknittert auf dem Boden liegen gelassen, fand es jedoch glatt und faltenfrei auf einer Bank. Der Anblick des weichen Leinens ließ mich innehalten. Schwacher Lavendelduft ging von dem Stoff aus, als wäre er gewaschen und getrocknet worden. Aber ich hatte keine Diener kommen oder gehen gesehen.

Er braucht keine menschlichen Diener ... Aber niemand hatte etwas über Unmenschliche gesagt.

Ich schluckte meine Besorgnis hinunter und schlüpfte in das nunmehr saubere Gewand.

Tristan führte mich zurück in meine Gemächer. Ich ging zum Wein hinüber, schenkte ein und tat so, als ginge es mir rundum gut.

»Was für Frauen bevorzugt der König denn?«, fragte ich in unbekümmertem Ton. Ich hatte gehofft, einige Antworten darauf zu erhalten, was mir an diesem Abend bevorstehen würde. Wenn der Totenkönig mich ansprechend fände, würde sich diese Scharade fortsetzen. Die Zauber, die ich am Tor gespürt hatte, waren erdrückend. Der Magier war zweifellos stark genug, um mich zu töten. Und wenn nicht durch Zauberei, würde er einfach Tristan befehlen, mich zu durchbohren. Als Befehlshaber der Garde hätte er keine Wahl. »Nun? Du dienst ihm schon viele Jahre. Bevorzugt er dunkles oder blondes Haar?«

Tristan war in den Schatten an den Rändern des Raums geblieben. »Der König hat keine einzelne mir bekannte Vorliebe. Er mag Frauen, deren Wesen den Stein zum Leuchten bringt.«

»Hast du viele seiner Gefährtinnen kennengelernt?«

»Unsere Mütter waren alle seine Ehefrauen.«

Natürlich. Diesen Teil der Geschichte hatte ich vergessen. Der König holte sich *Holzmouwas* in sein Bett und zeugte mit ihnen eine Armee von Berserkern. In den Erzählungen opferte er seine Kinder auch.

Ein Schauder durchlief mich.

»Du nennst ihn nicht ›Vater‹.«

Tristan zuckte mit den Schultern. »Er ist der König.«

»Was für ein reicher König mit so vielen Erben«, murmelte ich, doch ich kannte die schreckliche Wahrheit. Der Magier strebte nach Unsterblichkeit. Durch den Vorstoß in die dunklen Künste besaß er Macht, die seinen Verstand genauso verzehrte, wie die Berserker den ihren an den Zauber verloren, der sie erschuf. Der König wollte keine Erben. Er wollte ewig leben.

»Wenn der König dich auswählt, macht er dich zu der Braut, die er haben will.«

»Auch gegen meinen Willen?«

Tristan erwiderte nichts.

Ich sank auf einen Stuhl. Das Pochen in meinem Kopf war zurück. Die Magie des Totenkönigs lastete auf mir.

»Du solltest dich ausruhen.« Er wandte sich ab.

Meine einzige Rüstung bestand im Fehlen meiner Magie. Der Magier würde mich nicht als Bedrohung erkennen. Natürlich hatte ich auch keine Möglichkeit, mich zu verteidigen.

Ich hätte bestimmt gezittert, aber ich war als Eingeweihten ausgebildet worden. Die Hexenprozesse hatten mir jede Schwäche ausgetrieben. Natürlich erinnerte sich mein Körper in diesem neuen, aller Magie beraubten Zustand nicht daran. Aber mein Verstand schon. Ich schloss die Augen und beruhigte mich.

Und sah ein großes, blutiges Schlachtfeld, das sich von meinen Füßen in Richtung der sterbenden Sonne

erstreckte. Krähen labten sich an den Körpern von Kriegern
– alle tot.

»Herrin.« Jäh schlug ich die Augen auf. Lars ragte über
mir auf und wirkte ernster, als ich ihn je zuvor gesehen
hatte. »Du hast dir deine Geschenke nicht angesehen.« Er
deutete mit schwungvoller Geste auf das Kleid, das über der
Rückseite des Sofas lag. Auf dem Tisch befanden sich ein
juwelenbesetzter Kelch und ein Krug mit Wein.

»Der König ist sehr freundlich«, sagte ich. Lars' Augen
weiteten sich angesichts der Verbitterung in meiner
Stimme. Es spielte keine Rolle. Tristan hatte seine Wahl
getroffen: dem König treu zu bleiben. Meinetwegen konnten
er und seine Krieger mich wegen Respektlosigkeit töten, es
kümmerte mich nicht mehr.

»Er erwartet dich bei Einbruch der Dämmerung.«

»Speist er so früh?«

Der blonde Krieger neigte bejahend den Kopf.

Ich ging zu dem Kleid. »Es ist wunderschön.«

Lars befand sich noch an der Tür. »Es wird bezaubernd
an dir aussehen.«

Ich hielt das Kleidungsstück hoch, drehte es bald hierhin, bald dorthin. Mit Goldfäden durchwirkt. Neben dem
schimmernden Stoff nahm sich mein eigenes weißes
Gewand so schlicht aus.

»Nein.« Ich legte das Prachtstück zurück. »Nein. Er soll
mich so sehen, wie ich bin.« Wenigstens war meine Gewand
sauber.

»Du lehnst Geschenke des Königs ab?«

»Ich will es nicht tragen. Er soll mich so sehen, wie ich
bin.«

»Du bist mutig, Herrin. *Sehr* mutig. Oder sehr töricht.«

»Vielleicht bin ich beides.«

Ich ging zum Springbrunnen hinüber, um im schwindenden Licht mein Spiegelbild zu betrachten. Das weiße Gewand, das ich für die Zeremonie getragen hatte, sollte Reinheit versinnbildlichen. Ich sah darin tatsächlich wie eine junge Maid aus. Zu altern hatte ich schon vor langer Zeit aufgehört, als mir die Magie, mit der ich hantierte, künstliche Jugend bescherte. Aber das war anders. In dem frischen Gewand und ohne meine Kräfte sah ich so jung, so jungfräulich aus.

Es kam Wahnsinn gleich zu glauben, ich könnte einem mächtigen Magier gewachsen sein.

Göttin, steh mir bei.

Eine Rüstung klirrte hinter mir, aber ich drehte mich nicht um. Tristan ergriff leise das Wort. »Es ist so weit.«

Ich folgte ihm durch die Gänge. Ivar und Lars bildeten die Nachhut. Wir betraten einen langen Saal mit großen Fenstern, die das letzte Tageslicht hereinließen. Die Schatten fielen seltsam zwischen die Säulen, kräuselten sich und flackerten. Dunkle Ranken stiegen auf, als wollten sie nach mir greifen. Aus dem Augenwinkel nahm ich wahr, wie sie uns folgten. Ich krallte die Fäuste in mein Gewand und zwang mich, weiterzuhasten.

Tristan verlangsamte die Schritte, als wir uns riesigen, vergoldeten Türen näherten, die sich über uns bis zur höhlenartigen Decke erstreckten, so hoch wie zehn Männer.

»Herrin«, grollte eine raue Stimme zu meiner Rechten. Ein Krieger trat aus den Schatten. Lars beruhigte mich, während Tristan vortreten wollte, um den Krieger abzuhalten.

»Warte.« Ich legte eine Hand auf Tristans Oberarm. Den dritten Krieger kannte ich aus dem Verlies. Er stand wieder aufrecht und stolz. Sein Helm glänzte, sein Gesichtsausdruck wirkte klar. Keine dunkle Magie umschwirrte seinen Kopf.

»Ich erinnere mich«, sagte er. »Du hast nach meinem Namen gefragt, und jetzt erinnere ich mich an ihn. Er lautet Magnus. Das ist der Name, den mir meine Mutter gegeben hat.«

»Sei gegrüßt, Magnus.« Ich lächelte zu ihm hoch und schob Tristan behutsam aus dem Weg, damit ich mich vor den Riesen von einem Mann stellen konnte. »Gedenke deiner Mutter. Erinnere dich an sie und werde gesund.«

»Herrin.« Er verneigte sich und wich zurück in die Schatten.

Ich trat vor die großen Türen.

»Bereit?«, fragte Tristan, ohne mir in die Augen zu sehen. Er war überzeugt davon, dass er mich dem Tod überantwortete. Wenn nicht heute Nacht, dann eines Tages.

Ich atmete tief durch. »Ja.«

Lars und Ivar nahmen ihre Plätze zu beiden Seiten der Türflügel ein und öffneten sie langsam. Luft strömte zusammen mit leisen Flüstertönen heraus. Meine Haut kribbelte, als Magie über mich leckte.

Ich zwang mich ein paar Schritte vorwärts. Hinter den Türen erstreckte sich ein großer Saal, wiederum gesäumt von Fenstern so hoch wie Eichen. Allerdings ließen diese Fenster nur Dunkelheit herein.

Ich zögerte und wäre beinah rücklings gegen Tristan gestoßen. Er stand hinter meinem Rücken, stützte mich und drängte mich nicht vorwärts. Auf der anderen Seite des weitläufigen Saals erhellte ein schwaches Licht ein Podest. Ich wusste, dass mich der König dort erwarten würde.

»Ich bin bereit«, wiederholte ich und setzte mich wieder in Bewegung.

Ich spürte, dass Tristan kurz nach den Türen stehen blieb. »Weiter kann ich nicht gehen«, erklärte er mir.

Ich nickte.

»Gib auf dich acht, Herrin.« Er wich zurück und verneigte sich. Das schwache Licht spiegelte sich schimmernd auf seinem Helm, bis die Türen zuschwangen.

Tristan würde auf der anderen Seite bleiben und auf meine Rückkehr warten. Der Gedanke stärkte mich, als ich die widerhallenden Steinplatten überquerte.

Die Marsch schien ewig zu dauern, doch letztlich hielt ich am Fuß der Stufen, die zum Podest führten. Ein kahler Tisch mit nur einem Stuhl stand darauf. Vom König jedoch fehlte jede Spur. Beinah hätte ich in der drückenden Stille gezittert, aber ich zwang mich zu Ruhe und wartete.

Du trägst nicht meine Geschenke. Die Stimme ertönte überall um mich herum, ein satter Klang, das meine Glieder liebkoste und mein Herz schneller schlagen ließ.

Ich erstarrte und gestattete der Magie, sich wie eine Schlange um mich zu ranken und mich zu kosten.

Das Podest war immer noch menschenleer. Der Totenkönig hatte sich nicht gezeigt.

Ich öffnete den Mund und zögerte.

Sprich! Der Befehl hing in der Luft.

Ich knickste. »Verzeiht, Herr. Eure Geschenke waren so schön. Ich aber bin nur eine einfache Maid. Ich hatte das Gefühl, sie nicht verdient zu haben.

»Ach nein?« Belustigung. »Die meisten Frauen lieben meine Geschenke.«

Wieder knickste ich. »Der König kann jede Frau haben, die ihm gefällt.«

»Du fragst dich, warum ich dich auswählen sollte?« Ein Windstoß wehte durch die Halle, hob mein Haar und wirbelte mein Gewand um meine Fußgelenke. »Du besitzt genug Schönheit.«

»Danke, Herr.«

»Komm näher, Mädchen.«

Mit wild pochendem Herzen stieg ich auf das Podest.

Ein Schatten flimmerte, verfestigte sich, und zuerst sah ich ihn nicht direkt an. Dann nahm ich aus dem Augenwinkel Bewegung hinter mir wahr. Ich drehte mich um und schnappte unwillkürlich nach Luft.

Der Magier war groß, viel größer als jeder Mann, sogar als die Berserker, die er erschuf. Außerdem war er dünner, besaß einen schlanken Körperbau und trug Gewänder, die nicht seine breiten Schultern verdeckten. Kein Soldat, ein Gelehrter. Ein Herrscher.

»Willkommen, Yseult. Willkommen in meinem Zuhause.«

17

TRISTAN

Mit zu Fäusten geballten Händen starrte ich auf die Türen zum Audienzsaal des Königs.

»Das hast du gut gemacht, Befehlshaber«, schlängelte sich Gauls Stimme um mich herum. »Jetzt troll dich, geh zurück auf deinen Posten.«

Der Spitzel des Königs stand mit zwei großen Berserkern hinter mir. Ich kannte sie, aber sie gehörten nicht zu meinen eigenen Leuten. Obwohl der Wahnsinn sie vor langer Zeit überwältigt hatte, gehorchten sie Gaul.

Ich fragte mich, wie viele in meinen eigenen Reihen wie diese geistlosen Diener waren und wie lange es dauern würde, gegen sie zu kämpfen.

»Hast du gehört, Befehlshaber? Du bist entlassen.«

Einen Moment lang starrte ich ihn an. Ich konnte nicht erklären, dass ich abwarten musste, ob die Frau, die ich liebte, zurückkehren würde. Aber ich würde mich nicht wie ein Hund von meinem Posten vertreiben lassen.

»Deine Pflicht gegenüber dem König ist erfüllt«, sagte er, und das stimmte. Ich diente dem König nicht mehr.

Ich diente Yseult.

»Befehlshaber?«, grollte Magnus hinter mir. Er, Ivar und Lars erwarteten meine Befehle. Sie würden an meiner Seite kämpfen. Alle drei liebten unsere Herrin genauso sehr wie ich.

»Kommt. Ich möchte mit euch reden«, sagte ich und marschierte davon. Gaul kicherte, als ich ihn passierte.

Ich wirbelte herum und schlug ihm die Faust ins Gesicht. Sein Kopf schnellte zurück, prallte von einem der teilnahmslosen Berserker-Sklaven ab, und Gaul sackte zu Boden. Ich ließ ihn dort zurück und führte meine Männer in die Schatten.

»Gut gemacht.« Lars grinste. »Das wollte ich schon lange tun.«

Magnus schmunzelte, Ivar hingegen sah besorgt aus.

»Tristan ... Befehlshaber, sei vorsichtig. Es gibt viele, die ihm folgen.«

»Wie viele?«, fragte ich. »Kannst du das herausfinden?«

Mit vor Überraschung großen Augen nickte Ivar.

»Der Wind dreht«, murmelte ich. »Wir müssen bereit sein.«

»Das werden wir sein«, sagte Magnus. »Es wird uns eine Freude sein, unserer Herrin zu dienen.« Er hob sich zur Bestätigung die Faust an die Brust. Ivar und Lars folgten seinem Beispiel.

»Unsere Herrin«, sagte ich und salutierte ebenfalls. Wir würden für sie kämpfen. Wir würden für sie sterben.

»Ihr werdet beobachten und meinen Befehlen gehorchen«, sagte ich vorsichtig.

»Befehlshaber«, stimmten sie mir zu. Ivar und Lars gingen. Magnus und ich drehten uns um und harrten der Rückkehr unserer Herrin.

Ich hoffte, sie würde dem König gefallen, damit sie nicht

sterben würde. Aber mehr als das wollte ich sie für mich beanspruchen.

Wenn sie überlebte, würde ich sie wegschicken. Ans Ende der Erde oder darüber hinaus. Ich würde sie nicht bleiben lassen.

Und wenn es mich das Leben kostete.

18

YSEULT

E r ist charmant, hatte Tristan gesagt. Um ehrlich zu sein, war ich noch nie einem schöneren Mann begegnet. Scharf geschnittene, erhabene Züge. Haut so glatt wie polierter Stein. Hell spannte sie sich über die feinen Knochen seines Gesichts. Ein Gesicht, nach dem sich auf einem Marktplatz die Köpfe umdrehen würden, auch ohne die Aura der Macht, die seine kraftvolle Gestalt umgab.

Ich war an die eigenartige Schönheit gewöhnt, die Magie ihren Langzeitnutzern verlieh. Nach vielen Jahren hatte auch mein eigenes Gesicht einen überirdischen Glanz angenommen und war fast unmenschlich gutaussehend geworden. Mein wahres Gesicht hatte ich vergessen gehabt, bis ich an diesem Morgen auf einem Feld aufgewacht war und mein früheres, jugendliches Antlitz im Wasser gesehen hatte.

Ich rechnete mit dem Charme des Totenkönigs, wappnete mich dafür. Womit ich nicht gerechnet hatte, war, dass er Tristan so ähnlich sehen würde. Der Befehlshaber hatte recht. Was auch immer die Berserker-Krieger mittlerweile

waren, sie waren auf die eine oder andere Weise von dem
König gezeugt worden, dem sie dienten.

»Möchtest du dich setzen, meine Liebe?«, fragte der
König. Seine langen Finger legten sich um die hohe
Rückenlehne eines Stuhls.

Mit einem ruckartigen Nicken legte ich den restlichen
Weg zurück und ließ den Körper auf den Sitz plumpsen, als
wäre er eine Marionette, deren Fäden ich in der Hand hielt.

Aus der Nähe erwies sich der Totenkönig als noch atem-
beraubender. Ein unterschwelliges Lächeln spielte um seine
Lippen, als wüsste er genau, wie geblendet ich war. Ich
drehte den Kopf. Zum Glück hatte ich Tristan kennengelernt und konnte mich an diese Ähnlichkeit klammern.
Allerdings würde sich der Befehlshaber neben dem Magier
unscheinbar, grobknochig und kantig ausnehmen. Dafür
war Tristans erdige Schönheit echt. Die Reize des Königs
bestanden allein aus Magie. Atemberaubend, aber fremdartig wie ein Stern.

»Hast du Hunger?«, erkundigte sich der König.

»Ein bisschen, Herr«, log ich.

Mit einem Wink seiner Hand ließ er ein Festmahl
erscheinen.

Ich erschrak, als hätte ich noch nie einen Zauber erlebt.
Der Geruch von gebratenem Wildschwein stieg mir in die
Nase und wühlte meinen Magen auf.

Ich spürte, dass mich der Magier anlächelte. So, wie ich
mit großen Augen glotzte und am ganzen Leib zitterte,
musste ich in der Tat wie eine törichte junge Frau wirken.
Vielleicht würde er mich für minderbemittelt halten, und
ich würde diese Begegnung unbeschadet überstehen.

»Dann iss.« Er deutete auf den Tisch. »Kein Grund, auf
Zeremoniell zu achten. Wir sind unter uns.« Der König
begab sich zum anderen Ende der Tafel und nahm Platz.

Als er an mir vorbeiging, nahm ich unter dem durchdringenden Geruch von Myrrhe eine abstoßende, faulige Note wahr. Als wäre ich an einem offenen Grab vorbeigelaufen. Der Gestank ließ mich blinzeln, dann war er verschwunden.

Ich schmeckte die Erinnerung daran, die einen krassen Gegensatz zu seiner verführerischen Stimme und seinem blendend guten Aussehen bildete.

Schließlich ergriff ich ein Brötchen von einem Teller und spielte damit herum. Dabei beobachtete ich den König unablässig, ohne ihm ins Gesicht zu sehen. Wie ein Kaninchen, das darauf wartet, dass eine Schlange zustößt. Nur weil sich die Schlange so zu verhalten scheint, als würde sie nicht angreifen, darf die Beute noch lange nicht unachtsam werden.

»Haben meine Männer dich gut behandelt?« Seine Stimme ließ mich aufschrecken.

»Ja, Herr. Recht gut.«

»Hat man dich verhört?«

»Ja. Aber man hat festgestellt, dass ich harmlos bin.«

»Nicht viele Maiden verirren sich in der Nähe meines Heims. Ich habe einen Ruf. Viele Frauen werden von ihren Dörfern geschickt, um sich meine Gunst zu sichern. Ich vermute, deshalb bist auch du gekommen.« Kurz verstummte er. »Du isst ja gar nicht.«

Ich ergriff das Brot und knabberte daran. Halb rechnete ich damit, dass es sich um magisches Essen handelte, das meine Sinne genauso verführen würde wie das Aussehen des Totenkönigs. Aber es schmeckte wie echtes Brot, auch wenn es sich in meinem nervösen Mund wie Staub anfühlte.

Er zeigte auf seinen leeren Teller. »Ich bin nicht hungrig, aber ich habe entsetzlichen Durst.«

Ein Klirren ließ mich auf meinem Sitz herumfahren. Ein Gestell mit einer Glaskaraffe und einem großen, juwelenbesetzten Pokal war erschienen. Ein Kribbeln lief mir über den Rücken.

»Soll ich Euch bedienen, Herr?« Ein Zittern breitete sich von meinen Beinen nach oben aus. Irgendetwas stimmte nicht.

»Das ist nicht nötig.« Vor meinen Augen hob sich die Karaffe wie von unsichtbaren Händen geführt. Eine zähe rote Flüssigkeit ergoss sich in den mit Edelsteinen verzierten Kelch.

Rubine blitzten zwischen dem stumpferen Gold auf, als das Gefäß auf dem Weg zum König durch die Luft an mir vorbeischwebte. Meine Nase schnappte erneut jenen grauenhaften Gestank auf.

»Verzeih mir. Ich vergesse meine Manieren. Bist du durstig? Möchtest du einen Schluck?«

Ich schüttelte den Kopf. Etwas sagte mir, dass es sich beim Inhalt des Kelchs um mehr als Rotwein handelte. Die Flüssigkeit sollte nicht über meine Lippen gelangen.

Und dann sah ich sie, wartend im Schatten jenseits des Throns. Frauen. Ganze Horden, lieblich und schweigend, gekleidet in Gewänder, die ihre Arme entblößt ließen. Das Haar zu kunstvollen Frisuren hochgesteckt, die Kleider königlich.

Alle beobachteten mich. Eine legte die Hände auf ihren prallen Bauch, als wäre sie noch schwanger.

Mir verging jeglicher Appetit.

»Haben meine Männer dir erklärt, was für eine Ehre es ist, meine Gefährtin zu werden?«

Ich löste den Blick nicht von den Geisterfrauen, als ich antwortete. »Sie haben gesagt, Ihr sucht Euch Eure Frauen aus. Ihr verlangt von den Dörfern, dass sie in Frage kommende Dienstmägde schicken, und viele davon behaltet Ihr als Eure Ehefrauen.«

»Nur die Schönsten.« Sein Lächeln drehte mir den Magen um.

»Wo sind sie?«, fragte ich, obwohl ich es wusste.

»Sie sterben alle jung. Tragisch.«

Da rührten sich die beobachtenden Geister. Ein Wogen ging durch ihre Reihen.

»Alle?«, flüsterte ich.

»Einige kurz nach der Geburt meiner Kinder. Andere überstehen sie, fallen aber einer zehrenden Krankheit anheim. Früher oder später ereilt sie alle der Tod.« Er zuckte mit den Schultern. »Und so bleibe ich ganz allein zurück.«

»Und Eure Kinder?«

»Allesamt Söhne. Manche überleben, bis sie erwachsen sind. Mehr sterben wie ihre Mütter.«

»Das ist schrecklich«, stieß ich mit belegter Stimme hervor.

»Ja. Und so bleibe ich allein.« *Allein, allein, allein*, hallte seine Stimme wider wie ein kalter Wind, der durch den Saal wehte.

Die Geisterfrauen rührten sich nicht. Einige starrten ihren König voll Verachtung an.

»Weißt du, Yseult« – seine Stimme schlang sich um meinen Körper wie eine Kette – »ich suche nach der einen Frau, die meiner Macht standzuhalten vermag. Die gesund und kräftig bleiben kann. Sie wird als Königin an meiner Seite herrschen. Für immer.«

Ein Feuer loderte in seinen Augen, doch ich nahm nur die schweigenden Ränge der Frauen wahr. Ihre Blicke warnten mich. *Lauf weg, solange du noch kannst.*

Meine Brust hatte Mühe, sich unter dem Gewicht des

Zaubers zu heben, den der Totenkönig um mich gewickelt hatte. In meinem Ohr säuselte eine Singsang-Stimme. *So wunderschön, so jung. Koste die Macht. Du wirst eine Königin sein.* Die Gedanken füllten meinen Kopf aus.

Nein. Das will ich nicht. Ich bin … Panisch stellte ich fest, dass ich mich nicht an meinen Namen erinnern konnte.

Tristan, rief ich in Gedanken. *Lars, Ivar. Magnus.* Ich erinnerte mich an ihre Gesichter, dunkel und hell, bärtig und glatt rasiert. Diese Männer waren echt. So rau, so wild, so hungrig nach Liebe. Wie konnte ich ihnen sagen, wer ich war? Wie konnte ich mit ihnen zusammen sein, wenn ich am nächsten Morgen aufbrechen sollte?

»Yseult«, sagte der Totenkönig. Mit einem Ruck hob ich den Kopf. Er stand über mir. In den Vertiefungen seines Gesichts zeichneten sich Schatten ab. Plötzlich sah er wie ein Skelett aus. Alle Schönheit fiel von ihm ab. Er glich einem Monster, etwas, das aus einem Grab gekrochen war.

Ich hielt Ausschau nach den Geistern seiner Frauen, doch sie waren verschwunden. Verbannt. Stille brüllte, wo sie sich befunden hatten.

»Du bist mehr, als du zu sein scheinst«, drang die Stimme des Totenkönigs an meine Ohren, ohne dass sich seine Lippen bewegten.

»Ich … weiß nicht, was Ihr meint«, flüsterte ich.

»Du gefällst mir.« Seine langen, knochigen Finger näherten sich meinem Gesicht. Es kostete mich alle Selbstbeherrschung, nicht zurückzuschrecken. »Eine Frau wie dich habe ich schon lange nicht mehr getroffen … sehr, sehr lange nicht mehr.«

Der Blick seiner Augen bohrte sich brennend in mich, und plötzlich konnte ich nicht mehr atmen.

Meine Lunge schrie nach Luft. Als fiele es ihm gerade ein, schnippte er mit den Fingern, und die Kette um meine Brust löste sich. Ich schnappte nach Luft und erschlaffte.

»Ich werde dich heute Nacht noch einmal rufen. Du wirst kommen und mir gehorchen.«

Stumm nickte ich. Was konnte ich sonst tun?

Seine Finger kehrten zu meinem Gesicht zurück. Hatte ich ihn zuvor für schön gehalten, so glich er nun nur noch einem Skelett mit lodernden Augen. Die Haut spannte sich über den Schädel. An seinen Fingern haftete der Gestank von dem Kelch, aus dem er trank, ein durchdringender Geruch von Eisen, vermischt mit Gewürzen, die man zum Reinigen von Gräbern benutzte.

»So jung«, gurrte er. Seine tiefe Stimme erklang wie eine Liebkosung. »So bezaubernd.«

Als knochige Finger meine Schultern drückten, musste ich an mich halten, um mich nicht loszureißen. Seine Hand presste scharf gegen meinen Hals. Seine Berührung brannte wie kaltes Feuer.

Seine Lippen fanden mein Ohr.

»Trag heute Nacht das Gewand, das ich dir geschickt habe.«

Und damit verschwand er.

Ich sprang von meinem Sitz auf, raste die Treppe des Podests hinunter, vorbei an dem Ort, an dem sich die Geister versammelt hatten, und flüchtete aus der Halle.

Leises, spöttisches Gelächter ertönte widerhallend um mich herum. Abgesehen davon stammten die einzigen Geräusche von meinen verzweifelten Schritten und meiner rauen Atmung.

Einen Moment lang überkam mich Panik, als ich Mühe hatte, die großen, schweren Türen zu öffnen.

»Nein«, stieß ich atemlos hervor. »Lasst mich raus.«

Mit großer Anstrengung gelang es mir, die Türflügel

einen Spalt zu öffnen und mich auf die andere Seite hindurchzuzwängen. Dann geriet ich ob meiner Hast ins Taumeln.

Die beiden stummen Wachleute standen zu beiden Seiten und rührten sich nicht, um mir zu helfen. Ich stolperte, richtete mich auf und setzte die Flucht fort. Die Luft war auf dieser Seite der Türen anders, frisch und einladend. Man hatte mich in einer Gruft festgehalten und wieder freigelassen.

Unterwegs stützte ich mich an einer Säule ab, um nicht zu fallen, und würgte das Bisschen hoch, das ich gegessen hatte. Es ergoss sich auf den Boden. Die Wachen bewegten sich immer noch nicht, aber ich rannte hastig weiter, falls sie mich zurückrufen wollten.

»Yseult?«

Ich blieb nicht einmal stehen, als eine große, gepanzerte Gestalt vor mich trat.

»Yseult?«

Tristans Arme fingen mich auf. Ich setzte mich gegen ihn zur Wehr, schlug blind um mich.

»Yseult, ich bin es.« Er trug mich vom Thronsaal weg in die Schatten jenseits der dicken Säulen.

Sein besorgtes Gesicht tauchte flüchtig vor meinen Augen auf. Es erinnerte mich an die Frauen, die ich gesehen hatte. Die bekannten Gesichter. Oh Göttin, ich hatte die Ehefrauen gesehen. Die Geister.

»Bring mich weg von mir!«, kreischte ich.

»Es ist alles gut, du bist in Sicherheit«, redete Tristan beruhigend auf mich ein. Er roch nach Natur, nach Gräsern und Bäumen und allem, was echt war.

Ich weinte.

»Wir gehen.« Je weiter er mich trug, desto klarer sah ich durch die Spinnweben, die der Zauber des Magiers um meinen Verstand gesponnen hatte. Der König hatte mich beinah verhext, ließ mich aber gehen, um mit mir zu spielen. Ich war nicht stark genug, um ihm die Stirn zu bieten, und er wollte, dass ich zurückkehrte.

Was sollte ich tun?

»Nicht. Schhh, Herrin«, tröstete mich Tristan, und mir wurde bewusst, dass ich weinte. Er setzte mich ab. Ich klammerte mich an ihm fest. Er behielt mich auf seinem Schoß und rieb mit einer großen Hand über meinen Rücken auf und ab. »Bitte nicht weinen«, murmelte er wie eine Mutter zu ihrem Kind.

Oh Göttin, all die gemeuchelten Frauen! Der Magier nahm sie als Eheweiber und saugte ihnen dann die Kräfte aus. Wenn es nach ihm ginge, würde ich die Nächste werden.

»Tristan«, flüsterte ich. Der Krieger schloss die Arme um mich. Seine Wärme sickerte in meine tauben Glieder. Ich klammerte mich an ihm fest.

Ich war in der Zeit zurückgereist, um das Geheimnis herauszufinden, wie man den Magier besiegen konnte. Aber ohne meine Magie war ich so hilflos wie die Geister der Gemahlinnen des Totenkönigs. Allein konnte ich nicht weitermachen.

»Tristan.« Ich legte den Kopf in den Nacken, um ihm forschend ins Gesicht zu sehen. Dabei flammte Hitze zwischen uns auf. Was immer es sein mochte, er spürte es auch. Er legte die Hände auf meine Wangen und küsste mich.

Die Schleusentore öffneten sich. Ein Leben lang hatte ich alle Gefühle unterdrückt. Nun wurde meine gesamte strenge Ausbildung einfach weggefegt. Ich presste mich an Tristans harte Brust. Meine Hände zogen ihn verzweifelt zu mir, als wäre er ein Fels, an dem ich mich in einem Sturm festhielt.

Schließlich löste ich mich stöhnend von ihm. Geschmolzenes Verlangen erfüllte meinen Körper, der mir nicht mehr gehörte.

»Verlang nicht von mir, dich noch einmal zu ihm zu bringen«, sagte Tristan eindringlich an meinen Lippen. »Das werde ich nicht. Das kann ich nicht.«

Ein kühler Wind umwehte uns, und ein Flüstern erhob sich aus der Dunkelheit. Ich besann mich meiner selbst, erinnerte mich daran, wo ich war, und schob Tristan weg. »Ich muss«, flüsterte ich. »Der König wünscht, dass ich noch einmal zu ihm komme.«

Tristan fluchte. »Wann?«

»Heute Nacht.«

Immer noch fluchend fuhr er mit der Hand durch sein dichtes Haar. Er hatte mich zurück in die Frauengemächer gebracht. Wir saßen auf einem niedrigen Sofa. Er stand auf, ging zu einem Tisch und kam mit einem gefüllten Becher zurück.

»Trink das.«

Es handelte sich um Wasser. Ich war dankbar für den kühlen Trost, den es spendete. Tristan ließ den großen Körper neben meinem nieder. Wir berührten uns nicht, dennoch umhüllte mich seine Wärme.

»Du musst mir alles erzählen. Was ist passiert? Was hast du gesehen?«

»Ich habe den Magier gesehen, den König.«

»Er war leibhaftig da? Hat nicht nur aus der Luft mir dir gesprochen?«

»Zuerst schon. Dann hat er sich mir gezeigt.«

Ich starrte auf meinen Becher und erinnerte mich an die Geister. Ich konnte noch immer fühlen, wie sie durch ihre alten Gemächer säuselten. Solange ich ihre Absichten nicht kannte, wagte ich nicht, über sie zu sprechen und sie aus ihrem Reich weiter in das unsere zu rufen.

»Es tut mir leid, dass ich dich nicht ausführlicher gewarnt habe.«

»Tristan.« Ich schaute auf, sah ihm in die Augen. »Ich muss dir etwas sagen.« Er war der Befehlshaber des Königs. Wenn ich Verrat gestand, wäre es seine Pflicht, mich aufzuspießen.

Aber er hatte mich geküsst. Das war mehr als harmloses Schäkern, mehr als die Spielchen mit Lars. Tristans Kuss hatte meinen Kopf befreit.

»Ich bin mehr, als ich zu sein scheine ...«, begann ich, als Männerstimmen durch den Raum hallten.

»Alles in Ordnung«, beruhigte mich Tristan, als ich erschrak. »Das sind nur Ivar und Lars.«

Und Magnus, obwohl er an der Tür blieb, mit gezogener Waffe in den Schatten verharrte. Er überragte die anderen um einen Kopf.

»Herrin.« Lars kam auf mich zu, die Züge freudig beflissen. »Wir sind froh über deine Rückkehr. Wir müssen dir etwas zeigen.«

Auf Tristans Nicken hin nahm er mich an den Händen, half mir auf und führte mich in den Hof, wo es mir den Atem verschlug. Wohin ich auch blickte, befanden sich weiße Blüten. Scharen davon lagen um den Springbrunnen angeordnet, weitere trieben im Wasser.

»Wir wollten dich ehren«, murmelte Tristan.

Ich lächelte durch meine Tränen.

»Wir haben sie an der Nordmauer gefunden.« Lars hob eine Blüte auf und reichte sie mir. »Mondblumen. Sie blühen in der Dunkelheit.«

»Wunderschön. Ihr müsst sie alle gepflückt haben.«

»Ich hatte sie bis heute nie bemerkt. Sie sind in der Nähe unseres Übungsfelds aufgetaucht, kurz nachdem du über die Burgmauer gelaufen bist. Und nach Einbruch der Dunkelheit sind sie erblüht«, sagte Ivar. »Sie blühen nur eine Nacht.«

»Meine Mutter pflegte zu sagen: ›Es kann Gutes auf der Welt geben, solange noch die Blumen blühen.‹«, fügte Lars hinzu.

»Danke.« Ich konnte kaum sprechen. Aus irgendeinem Grund lag diesen Männern etwas an mir.

Und selbst wenn nicht, ich konnte meine Geheimnisse nicht länger für mich behalten. Es erschien mir besser, es ihnen zu sagen und ihren Zorn zu riskieren, als mich vom Totenkönig mit seiner Macht verhexen zu lassen.

»Ich muss euch etwas mitteilen. Euch allen.«

»Nicht hier«, sagte Tristan. Er nahm mich am Arm und führte mich zurück in den inneren Raum, wo er sich mit mir auf das Sofa setzte. Die anderen drei Männer verteilten sich in der Kammer.

»Ich war einst eine Hexe. Zu einer Zeit und an einem Ort, weit von hier entfernt. Tausend Jahre entfernt, um genau zu sein.« Ich ließ ihnen einen Moment, um das zu verarbeiten. »Ich wurde mit Kräften geboren, mit natürlicher Magie, der Gabe der Göttin. Aber ich habe einen anderen Weg gewählt.« Ich ließ den Blick über die wartenden Gesichter wandern. »Jede Magie erfordert Opfer. Kleine Zauber, kleine Opfer. Ein bisschen Blut oder Knochen. Größere Zauber erfordern größere Opfer. Im Lauf meines Lebens habe ich viel für die Macht geopfert.«

»Was hast du geopfert?« Magnus' Stimme dröhnte durch die Dunkelheit.

»Nichts, was der Magier opfert. Nein. Ich bin keine Mörderin. Totenmagie ist abscheulich.« Das Flüstern der

Geister säuselte um mich herum. Eine Brise zog am Saum meines Gewands. »Ich hab meine natürlichen Fähigkeiten aufgegeben und ließ mich von Hexen ausbilden. Wir haben Tiere geopfert – Mäuse, Ziegen, Tauben. Durch ihren Schmerz und Tod wuchsen meine Kräfte. Ich wurde stark, stärker als jede meiner Hexenschwestern. Deshalb wurde ich auserwählt und sollte mich dem Magier stellen.

In unserer Zeit war er durch einen Zauber gebunden, der ihn tausend Jahre schlafen ließ. Mittlerweile jedoch ist er frei und bedroht uns alle. Ich wurde geschickt, um einen Weg zu finden, ihn zu besiegen. Ich muss die Geheimnisse des Bindungszaubers erfahren und zu meinen Schwestern in meiner eigenen Zeit zurückkehren. Deshalb bin ich hier.« Langsam schaute ich auf. Vier Männer, so unterschiedlich und doch so ähnlich. Allesamt Krieger, dem König verschworen, aber vielleicht ... vielleicht die Hilfe, die mir die Göttin geschickt hatte.

Oder auch nicht. Wenn ich sie falsch gedeutet hatte, würden sie mich entweder dem Magier ausliefern oder mich eigenhändig hinrichten.

»Wie willst du den Zauber finden?

»Ich weiß es nicht«, brachte ich mit erstickter Stimme heraus. »Als ich angekommen bin, hat mich etwas – die Schutzvorrichtungen des Totenkönigs oder der Zauber meiner Schwestern – all meiner Kräfte beraubt. Ich kann keine Magie verwenden, um mich zu verteidigen oder zu verstecken. Deshalb habt ihr mich so mühelos gefangen«, sagte ich zu Ivar, und er nickte. »Und jetzt sagt der König, dass ich zu ihm zurückkehren muss.«

Ivar seufzte. »Er hat beschlossen, dass er dich zur Braut nehmen will.«

Ich nickte. »Wenn er mich zur Frau nimmt, wie lange überlebe ich dann?«

»Nicht lange«, antwortete Ivar. »Es kommt darauf an. Manche Frauen werden schwach und sterben sofort. Andere gebären ihm viele Söhne. Aber mit der Zeit gehen sie alle zugrunde. Wenn nicht durch seine Hand ...« Er sprach nicht weiter, und ich beendete den Satz für ihn.

»Dann durch seine Magie, die ihnen die Seele auslaugt.«

Tristan ergriff das Wort. »Das kann ich nicht zulassen. Das werde ich nicht.«

»Pssst.« Ich unterbrach seine Versprechungen, indem ich ihm die Finger auf die Lippen legte. »Das kannst du nicht. Du bist sein Befehlshaber und hast geschworen, ihn zu beschützen. Wenn er wüsste ...«

Tristan ergriff meine Hand und küsste sie. »Mein Leben gehört dir.«

»Und meines auch.« Magnus trat aus den Schatten. Trotz seiner gewaltigen Größe bewegte er sich schnell und kniete sich nah vor mir hin. »Zusammen mit meiner Klinge.«

Auch Lars und Ivar knieten nieder und gelobten murmelnd dasselbe.

Ich konnte die Tränen nicht zurückhalten, die mir über das Gesicht liefen. »Ihr kennt mich doch gar nicht.«

»Wir haben dich zuerst in unseren Träumen gesehen. Du besitzt die Macht, uns vom Kampfwahnsinn zu befreien«, sagte Tristan.

»Unsere Begegnung war vorhergesagt«, murmelte Ivar.

Ich wusste, dass es stimmte. Denn ich hatte von Anfang an das Gefühl gehabt, diese Männer zu kennen. Ich teilte es ihnen mit, und ihre freudigen Mienen brachen mir das Herz. Diese Krieger würden für mich kämpfen. Aber vergeblich. Gegen die Magie des Hexers würden sie nicht ankommen und sterben.

»Wir finden einen Weg, um gegen ihn zu bestehen«,

beteuerte Tristan. »Du hast gesagt, er war tausend Jahre lang gefangen.«

»Ja.« Ich zögerte, bevor ich meine größte Angst aussprach. »Aber die Überlieferungen besagen, dass er von einer seiner Ehefrauen verhext wurde. Sie fand einen Weg, ihn zu umgarnen, und bündelte ihre Kräfte mit jenen aller anderen, um gegen ihn zu bestehen.«

»Aber er hat keine Frauen mehr«, gab Ivar zu bedenken.

Ich presste die Lippen zusammen. Was das bedeutete, vermochte ich nicht zu sagen. Hatte meine Rückkehr in der Zeit das Muster der Ereignisse verändert?

Ein hartes Klopfen an der Tür ließ die Krieger aufspringen. Magnus zog das Schwert, öffnete die Tür und starrte mit finsterer Miene zu dem Neuankömmling hinaus.

»Der König verlangt seine Herrin um Mitternacht.« Ich erkannte die Stimme von Gaul.

Prompt vergrub ich das Gesicht in den Händen. So bald schon. Ich hatte auf eine Gnadenfrist gehofft oder gar darauf, dass er seine Meinung ändern würde.

»Verstanden«, gab Magnus zurück und wollte dem Boten die Tür vor der Nase zuschlagen. Es gab ein kurzes Gerangel, und Gaul drängte sich herein. Das linke Auge war blau von einem Faustschlag, und wenngleich Ivar und Lars ihm den Weg versperrten, landete sein hasserfüllter Blick auf mir.

»Ich habe noch mehr zu sagen«, spie Gaul in meine Richtung. »Sie muss die Kleider anziehen, die er ihr geschickt hat. Sie muss wie eine Königin aussehen. Auf Befehl des Königs.«

»Das wird sie«, sagte Tristan. »Jetzt lass uns allein.« Seine Stimme knisterte vor Macht, und zu meiner Überraschung gehorchte Gaul.

Magnus schlug die Tür hinter dem zurückweichenden Krieger zu. »Er wird dreist«, meinte der Hüne knurrend.

»Wir werden uns mit ihm befassen«, erwiderte Tristan. »Und mit denen, die ihm folgen.«

»Ich gehe mit ihm und behalte ihn im Auge«, kündigte Magnus an und verbeugte sich vor mir.

»Herrin, du solltest dich ausruhen. Dir bleibt nicht viel Zeit«, schlug Ivar vor. »Wir lassen dich in Ruhe.« Er zog an Lars' Arm.

Der blonde Krieger huschte vor, beugte sich zu mir herab und gab mir einen verspielten Kuss. »Auf Wiedersehen.« Er wackelte mit den Augenbrauen, bis ich nicht anders konnte, als hinter den Rücken der sich zurückziehenden Krieger zu lächeln.

Tristan lehnte sich näher zu mir. Seine Hand senkte sich auf mein Genick, und ich zuckte zusammen. Stirnrunzelnd zog er mir mein Kleid weg und sog scharf die Luft ein.

»Herrin, wer hat dich verletzt?«

Als ich den Kopf drehte, bemerkte ich die deutlichen blauen Flecken auf meiner Haut. »Der Magier hat mich berührt.« Seine Hand hatte einen bläulichen Abdruck hinterlassen.

Tristans gesamter Körper spannte sich an, aber seine Stimme blieb ruhig. »Zeig es nicht Magnus. Es würde ihn erneut in den Kampfwahn stürzen.«

»Ist Magnus vollständig geheilt?«

Die Wut, die der Befehlshaber abstrahlte, ließ ein wenig nach. »Das ist er. Ein Wunder.«

»Draußen auf dem Übungsfeld hat er alle in Angst und Schrecken versetzt, die es gewagt haben, gegen ihn anzutreten.«

»So ist Magnus.« Tristan schmunzelte. »Sanftmütig wird er nie sein, aber dank dir ist er bei klarem Verstand.

Wahrlich ein Segen. Ein Sonnenstrahl an diesem dunklen Tag.«

»Gut.« Ich schloss die Augen, als Erschöpfung über mir zusammenschwappte.

»Du solltest dich ausruhen.« Tristan setzte dazu an, mich zu verlassen, und ich ergriff seine Hand.

»Bitte. Bleib bei mir.«

Ich schmiegte mich an ihn. Langsam, als fürchtete er, mich zu verschrecken, näherte sich seine Hand und strich mir das Haar zurück.

»Weißt du, Herrin, du musst das nicht tun«, sagte er, als ich fast eingeschlafen war.

»Hm?«

»Wir vier haben gesprochen. Wir können eine Möglichkeit finden, dich wegzubringen.«

Ich hob den Kopf. Alle Müdigkeit war verflogen. Sie würden mir zur Flucht verhelfen. Aber was würde dann aus ihnen werden?

»Ich wurde hergeschickt, weil ich einen Weg finden sollte, den Totenkönig daran zu hindern, mein Volk zu vernichten.«

»Und hast du ihn gefunden?«

»Nein. Sie hätten eine andere schicken sollen. Eine, die daran gewöhnt ist, ohne Macht zu kämpfen. Ich habe keine Ahnung, wie ich ihm die Stirn bieten soll.«

»Was hast du dann vor? Willst du dich ihm anbieten? Welches Verbrechen hast du begangen, dass du dich so opfern willst?«

Ich blickte auf meine Hände.

Tristan fluchte und trat gegen das unangezündete Kohlenbecken. Holzscheite flogen heraus.

»Und wenn es nichts nützt?«

»Ich muss es versuchen«, flüsterte ich.

»Warum hat man dich ohne Waffen hierher geschickt? Mit nichts, was du gegen ihn verwenden kannst?«

»Ich habe meinen Verstand, mein Aussehen.«

»Deine Unschuld.« Er fuhr sich mit der Hand durchs Haar. »Du wirst auf dem Altar des Magiers geopfert werden, und niemand von deinem Volk wird je auch nur erfahren, was mit dir geschehen ist.«

Ich betete, dass es dazu nicht kommen würde.

Hilflos ließ er die Schultern hängen. Auch ohne Helm, Befehlshaberumhang und Rüstung verkörperte er den Inbegriff eines mächtigen, wenngleich frustrierten Mannes. Trotz aller Stärke war er nicht in der Lage, mich zu beschützen.

Ich legte ihm eine Hand auf den Arm. »Mir wird nichts passieren.«

»Wirklich? Weißt du, was mein König mit unschuldigen Frauen anstellt? Er verzaubert sie. Nimmt sie mit in sein Bett. Er behält sie in seinem Harem und zeugt Söhne mit ihnen. Und wenn er fertig mit ihnen ist, opfert er sie, um seine Macht auszuweiten.«

»Hast du gesehen, wie er das getan hat?«

»Ich habe es beobachtet ... bei zu vielen. Bei allen unseren Müttern. Und dann bei seinen Kindern ...«

Ich stählte mich. Auch ich hatte schreckliche Geschichten darüber gehört, wie der Magier seine Kinder behandelte. »Was ist mit seinen Kindern?«

»Allesamt Söhne. Wir werden seine Armee. Alles Halbbrüder. Wir teilen eine enge Bindung. Außerdem besitzen wir große Macht.«

»Bis seine Magie euch in den Wahnsinn treibt«, sagte ich. »In meiner Zeit nennen wir ihn den Totenkönig.«

Tristan ließ ein verbittertes Lachen vernehmen. »Wir sind seine Soldaten. *Wir* lassen die Toten zurück.«

Ich legte eine Hand auf seinen Arm, um seine Selbstkasteiung zu beenden. »Du bist ein ehrenwerter Mann. Der Magier hält in dieser Zeit viele in seinem Bann, und in meiner Zeit als Totenkönig.« Ich verriet ihm nicht, warum wir ihn so nannten. In meiner Zeit erweckte der Totenkönig die Toten, auf dass sie wandelten und ihm dienten, beseelt vom bösesten aller Zauber – Totenmagie. »Er wird nicht aufhören, bis er uns alle versklavt hat. Deshalb fürchtet sich mein Volk. Deshalb muss ich mich ihm stellen. Ich muss, Tristan. Dafür bin ich hergekommen.«

»Yseult.« Er nahm mein Gesicht in die Hände. Ich wartete auf seinen Kuss, aber er hielt mich nur fest und betrachtete mein Gesicht mit sorgenvoller Miene. »Wenn ich dich gehen lasse, würdest du weglaufen?«

»Nein.« Aber ich senkte den Blick, denn ich wusste nicht, wie stark ich wirklich sein würde. Ich konnte nur hoffen, dass ich die mutige Entscheidung treffen würde.

»Dann mach dich bereit. Ich werde dich zu ihm bringen.«

Ich bereitete mich auf den nächsten Besuch beim Totenkönig so vor, wie ich mich auf den Zauber meiner Schwestern vorbereitet hatte. Ich wusch mich, nahm jedoch kein genüssliches Vollbad, sondern säuberte mich mit einer Schüssel Wasser und einem Stück Stoff. Nachdem ich mich mit meinem alten Gewand abgetrocknet hatte, schlüpfte ich widerwillig in das goldene Kleid. Unter den Geschenken des Königs befanden sich auch Hausschuhe, und nachdem ich mir die Füße gewaschen hatte, zog ich sie an. In einer der Kammern der Frauengemächer fand ich eine Bürste. Nach einem stummen Gebet für die frühere Besitzerin nahm ich mein Haar in Angriff und beugte mich über den Springbrunnen, um mein Spiegelbild zu betrachten. Blass und mit dunklen Ringen unter den Augen sah ich aus wie ein Geist. Mein Haar wirkte wie ein Heiligenschein um meinen Kopf. So sehr ich es versuchte, es gelang mir nicht, es zu glätten.

Schließlich flocht ich es mir auf den Rücken und wob ein paar Mondblumen hinein. Sie verströmten einen starken Duft, wenn man sie zerdrückte, und eine Zeit lang spielte ich mit ihnen, genoss mein Geschenk, solange ich konnte. Ich hatte noch nie einen Liebhaber gehabt, der mich umwarb.

»Herrin.« Tristan betrat den Hof mit dem Helm unter dem Arm. Er wurde langsamer, als er sich mir näherte, und berührte mit einem Finger mein Haar. »Die schönsten Blumen blühen in der Dunkelheit.«

Zittrig blies ich die Luft aus. »Dort, wo ich herkomme, gelte ich nicht als schön.«

»Dann sind deine Leute blind.«

Oder ich verbarg meine Schönheit hinter meinem Dasein als Hexe, meiner Andersartigkeit, meiner Macht. »Ich wünschte, wir hätten uns früher begegnen können.«

»Yseult, es ist noch nicht zu spät für Flucht.«

»Das kann ich nicht tun. Meine Schwestern warten tausend Jahre weiter in der Zeit auf mich. Ich muss einen Weg finden, ihn zu besiegen und das Wissen zurückzuschicken. Auch wenn ich es nicht überlebe.«

Tristan zog mich an sich, drückte mir die Lippen auf die Stirn. »Ich kann es nicht. Ich kann dich nicht zu ihm bringen. Verlang das nicht von mir.«

Ich schlang die Arme um ihn und streckte mich auf die Zehenspitzen, um meine Wange an seine zu drücken. Früher hatte ich nie einen Mann gebraucht. Doch in dieser Zeit, in dieser Welt brauchte ich Tristan so wie meine Lunge die Luft zum Atmen. Wenn ich ihn nicht berührte ... würde ich sterben.

»Du musst einen Weg finden, ihn zu bekämpfen«, sagte er.

Ich schwieg, denn das konnte ich nicht. Ich hatte keinerlei Waffen.

Tristan zog seinen Talisman hervor. »Nimm das. Meine Mutter dachte, es würde sie gegen ihn schützen.« Der Mondstein blinkte in der Dunkelheit. »Sie hat ihn mir geschenkt. Ich schenke ihn dir, Herrin. Er gehört dir.«

Ich nickte und neigte das Haupt, damit er mir die Kette mit dem Stein um den Hals legen konnte.

»Ich komme zurück«, meinte ich zu ihm. »Ich werde mich dem Totenkönig stellen und zurückkehren.«

Ein großer Schatten fiel über uns. Magnus, der an der Schwelle wartete.

»Es ist so weit.«

19

YSEULT

Unser Marsch zu den Gemächern des Königs dauerte nicht lange. Überall entlang der Gänge säumten Berserker den Weg. Ich sah Gaul und einige seiner Anhänger, die mich mürrisch ansahen, aber die meisten Gesichter wirkten wachsam und erwartungsvoll.

An den vergoldeten Türen blieb Tristan stehen. Ich drehte mich mit ihm zu meiner Ehrengarde um. »Von hier aus gehen wir allein weiter.«

Lars, Ivar und Magnus schauten besorgt drein.

»Mir wird nichts passieren«, sagte ich zu ihnen. Zumindest wusste ich, was mich erwartete. Der Totenkönig würde wahrscheinlich versuchen, mich zu verführen. Wenn es ihm nicht gelänge, würde er mich mit seiner Magie zu überwältigen versuchen. Er könnte mühelos meinen Verstand vergewaltigen, mich versklaven und in die leere Hülle einer Frau verwandeln, um mich dafür zu benutzen, ihm Söhne zu gebären. Wenn er könnte, würde er irgendwie meine *Holzmouwa*-Magie aufsaugen.

Aber irgendwie würde ich kämpfen.

Tristan führte mich zu den Türen, die sich berüh-
rungslos öffneten. Flüsternde Schatten kamen zum
Vorschein.

Einen Moment lang lehnte ich mich an Tristan.

»Yseult«, hauchte er, und ich hoffte, er würde mich nicht
zur Flucht auffordern. Wenn er es täte, würde ich zusagen.
Aber es würde seinen und meinen Tod bedeuten. Wenn der
Totenkönig wollte, konnte er uns überall finden. Es gab
keinen Ort, an den wir fliehen konnten.

»Es geht mir gut«, behauptete ich. Er musterte mich mit
dunklen Augen, die mehr sahen, als ich ihn sehen lassen
wollte.

»Na schön.« Er küsste mich auf die Stirn, bevor er sich
von mir entfernte. »Komm zu mir zurück.«

Mein neues Gewand wirbelte um meine Beine, als ich in
den Hort des Totenkönigs schritt. Meine Verwegenheit
währte nur wenige Schritte, als ich den langen Flur sah, der
zu einem niedrigen Podest führte ... und zu einem Bett.
Wieder fehlte jede Spur vom Totenkönig selbst, doch ich
wurde langsamer und spürte ein Kribbeln im Genick.
Jemand folgte mir.

Auf halbem Weg zum Bett bemerkte ich aus den Augen-
winkeln die silbrigen Gestalten von Frauen um mich
herum. Wenn ich mich umdrehte, um hinzusehen,
verschmolzen sie mit den Schatten. Die ehemaligen
Gemahlinnen, allesamt Geister.

In dieser Nacht würden sie zugleich meine Gefährtinnen und eine Warnung davor sein, was mir blühen
könnte.

»Du trägst die Geschenke, die ich dir geschickt habe.«
Die satte Stimme aus der Dunkelheit erschreckte mich.
Unvermittelt blieb ich stehen. Der König betrat den Raum.
Er trug die Robe eines Magiers und eine Krone auf dem

Haupt. Ich sank in einen Knicks, und er winkte mich mit der Hand zu sich. Allerdings konnte ich meine Füße nicht überreden, sich in Bewegung zu setzen.

»Du siehst bezaubernd aus.«

»Danke.«

»Eine Königin. Eines Königs würdig.« Diesmal hob er die Hand, und eine unsichtbare Kraft zog mich nach vorn. Mein Herz pochte wild, während ich erstarrt in den Klauen der Magie gefangen war. »Du wirst an meiner Seite herrschen, Yseult. Und ganze Welten werden uns zu Füßen liegen.«

Er berührte mich, und ich befand mich nicht länger in seinen Gemächern. Stattdessen stand ich wieder auf den Zinnen und sah den Berserkern beim Kampf zu. Diesmal übten sie nicht, sondern marschierten, rückten bis in die hintersten Winkel der Erde vor, während der König und ich zusahen.

Der Magier sprach mir ins Ohr: »Mit der Macht, die wir besitzen, kann sich uns niemand in den Weg stellen.«

Die Vision löste sich auf. Der König drehte mich zu sich herum und neigte mein Kinn nach oben. Seine Berührungen brannten ein wenig, aber der Anblick seiner Schönheit verblendete mich.

Tristan. Ein Flüstern. *Ivar. Lars. Magnus.*

Woher kannte ich diese Namen?

Während der König mich festhielt, waberten die Geister durch die Luft um uns herum. *Unsere Söhne. Sie sind unsere Söhne. Nur du kannst sie retten.* Frauenstimmen. Die *Holzmouwas.*

»Es ist an der Zeit«, sagte der Magier. Seine tiefe Stimme rollte über mich hinweg und begrub mich unter sich. Er ergriff mein Handgelenk und zog mich zum Bett. Mein Geist bäumte sich auf, obwohl mein Körper gehorchte.

Yseult, flüsterten die Geister. *Die Halskette. Benutz den Stein.*

Halskette? Die hatte ich vergessen. Ich hob die Hand an den Busen, wo der Stein zwischen meinen Brüsten ruhte. Ein so hübscher Stein, zu hübsch, um versteckt zu sein.

Als ich die Kette berührte, flammte sengender Schmerz durch meinen Geist. Nein, kein Schmerz. Macht. Wie meine früheren Kräfte, nur verstärkt, vermehrt. Vollkommen durch den Stein geleitet. Ich war immer noch Yseult, eine *Holzmouwa.* Aber zumindest konnte ich eine Zeit lang meine Magie erreichen.

Dann packte der König mein anderes Handgelenk. Ich verlor den Stein aus der Hand, und all meine Kräfte schwanden.

Als ich mich zur Wehr setzte, ohrfeigte er mich hart.

»Du wirst mir gehorchen«, befahl er, und meine Wirbelsäule verflüssigte sich. Wenn er mich nicht am Handgelenk gehalten hätte, wäre ich zusammengebrochen.

Gleich darauf stieß er mich auf das Bett. Ich wollte mich wegrollen, aber er packte mich am Fußgelenk. Seine Finger verbrannten meine Haut.

Ich schrie auf. Die Geister erhoben sich um das Bett herum. Schemenhafte Hände streckten sich nach mir, konnten mich aber nicht greifen.

Der Stein, der Stein.

Der König drehte mich mit einem Ruck auf den Rücken herum und schlug meine Hände weg. Kaum hatte er die Vorderseite des Kleids zu fassen bekommen, riss er es vom Kragen bis zur Taille auf.

Ja, riefen die Geister.

An meiner Brust flammte der Mondstein auf.

Der König brüllte und hob sich jäh eine Hand vor das

Gesicht. Ich richtete mich auf, aber eine Kraft riss mir die Kette vom Hals und schleuderte mich weg.

Ich fiel wie aus großer Höhe. Als ich mich aufrappelte, lag ich eingerollt am Fuß der Treppe im Thronsaal, schwach und zitternd. Meine Brust wies blaue Flecken auf, mein goldenes Kleid war vorne zerrissen.

Gaul stand mit einer Truppe von Berserker-Gardisten über mir. »Mein Lehnsherr, was befehlt Ihr uns?«

»Bringt sie weg«, ordnete der König von seinem hohen Platz auf dem Podest an. »Gib sie den Kriegern zu ihrem Vergnügen.«

»Herr.« Tristan marschierte vorwärts, gefolgt von Ivar und Lars. Sie salutierten.

»Ein Preis für dich, Befehlshaber.« Der König deutete mit dem Kinn auf mich.

Ivar und Lars ergriffen meine Arme und schleiften mich rasch aus dem großen Saal.

»Ruhig«, flüsterte Lars. Vor uns winkte Magnus von der Tür.

Hoffnung regte sich in mir. Sie würden mich aus der Burg holen. Würden mir zur Flucht verhelfen.

Wir schafften es bis zum äußeren Hof, hatten das Tor in Sichtweite, als uns eine Gruppe von Kriegern den Weg versperrte.

Gaul trat mit gezückter Waffe vor. »Sie ist unser Preis. Sie wird uns allen übergeben.«

Ein zischendes Geräusch, als Tristan sein Schwert zog.

»Gebt den Weg frei«, verlangte er.

Keiner der Krieger rührte sich.

»Gebt den Weg frei!«, wiederholte Tristan brüllend. Die Steine erzitterten unter der Wucht seiner Stimme und dem Druck seiner Befehlsgewalt. Einigen Kriegern lief Schweiß über das Gesicht. Gaul knirschte mit den Zähnen und rührte sich immer noch nicht.

Hinter mir klirrten weitere Waffen, die aus Scheiden gezogen wurden. Ivar, Lars und Magnus würden ihrem Befehlshaber zur Seite stehen. Vier gegen den Rest. Sie würden sterben.

»Wartet«, stieß ich heiser hervor und räusperte mich, bevor ich es lauter wiederholte. Als mir niemand Beachtung schenkte, tat ich etwas, das mit Sicherheit ihre Aufmerksamkeit erregen würde.

Ich streifte das Kleid ab und ließ das Mondlicht meine nackte Gestalt erfassen. Sogar mit blauen Flecken bot mein Körper eine Versuchung.

Inmitten des Gemurmels warf ich das feine Kleidungsstück zu Boden und stand nackt vor ihnen.

»Ich füge mich«, sagte ich zu ihnen. »Es möge geschehen, wie der König es befiehlt.«

Damit ging ich an Tristan vorbei zur Mitte des Hofs. Als ich den dort stehenden Pfosten erreichte, war Magnus an meiner Seite. Ivar und Lars schlossen sich uns an.

»Hier.« Ich ergriff das Seil, das vom Pfosten hing.

»Verzeih mir, Herrin«, murmelte Ivar und fesselte mir die Hände über dem Kopf. Ich schloss die Augen und wartete darauf, dass die Berserker kommen und mich beanspruchen würden. Ich würde ihre Lust stillen, und es würde das Ende sein. Was bei Tagesanbruch von mir übrig wäre, würde man dem König übergeben, auf dass er es als Opfergabe benutzen könnte.

Eine Brise liebkoste mein Gesicht. Ich neigte das Gesicht zum Mond und betete. *Göttin, lass es schnell gehen.*

Ich wartete eine lange Weile, aber nichts geschah.

Schließlich öffnete ich die Augen ... und sah nur

Magnus' gewaltige Masse vor mir. Unerschütterlich stand er
da, das Gewicht auf die Fußballen verlagert, bereit zu kämpfen. Ivar und Lars waren zu seinen beiden Seiten in Stellung
gegangen, die Schwerter gezückt. Auch Tristan hielt sich
bereit. Sein langer Umhang flatterte im Wind. Herzschlag
um Herzschlag verging, und sie wichen nicht von meiner
Seite. Ich besaß keine Kräfte, dafür hatte ich vier Beschützer.

Der Wind legte zu, dann setzte Regen ein, und die
Gruppe der Berserker löste sich auf. Gaul führte seine
Anhänger murrend weg.

»Herrin.« Lars trat an meine Seite und band mich los.
Kaum fielen meine Arme herab, taumelte ich nach vorn und
wurde von starken Armen aufgefangen. Etwas Weiches und
Warmes umhüllte meinen Körper. Rot. Tristans Umhang.

Er trug mich in die Wachstube, wo ich schon einmal
gegessen hatte, und setzte mich dort auf den Tisch. Mit
missbilligenden Lauten untersuchte er meinen geschun-
denen Körper, bevor er den Umhang fester um mich
wickelte.

»Was jetzt?«, fragte ich ihn und versuchte, nicht mit den
Zähnen zu klappern.

»Wir beschützen dich. Wir werden kämpfen, um dich zu
befreien.«

»Der Magier. Ich muss ...«

»Wir werden kämpfen, um ihn zu besiegen. Nein«, kam
er meinem Widerspruch zuvor, indem er mir die Finger an
die Lippen legte. »Du kannst uns nicht aufhalten. Wir sind
deine Verfechter.«

»Befehlshaber«, sagte Magnus an der Tür. Als er zur
Seite trat, wappnete ich mich dafür, dass Gaul eintreten
würde. Stattdessen handelte es sich um einen anderen Krieger, der den Helm abnahm. Ich erkannte ihn nicht, aber er
sah mich an, als wäre ich die Göttin in Fleisch und Blut.

»Was ist?«, fragte Tristan. »Sprich, Mann.«

»Herrin«, sagte der Krieger und blieb stehen.

Ivar trat vor und legte dem Krieger eine Hand auf den Rücken. »Er möchte, dass du ihn segnest.«

Ich schaute von Ivar zu Magnus, aber mehr sagten sie nicht. Also winkte ich den Krieger näher.

Er kniete sich vor mich hin. Ich legte ihm eine Hand auf die Stirn, wie es eine Mutter bei einem Sohn tun würde. »Ich segne dich.« Ein Flüstern an meiner Seite verriet mir seinen Namen. »Gavin. Erinnere dich an deine Mutter und an den Namen, den sie dir gegeben hat.«

»Herrin«, murmelte er und erhob sich. Bald nahm ein anderer seinen Platz ein. Und noch einer. Die Krieger drängten in den Raum, riesige, muskelbepackte Männer in Rüstungen und mit Waffen. Sie knieten vor mir nieder, und ich nannte sie alle bei ihren Namen, die mir zugeflüstert wurden.

Irgendwann ließ Tristan die Warteschlange anhalten, um mir einen Becher Wasser zu reichen. »Danke, dass du mir ihre Namen sagst.«

Seine Stirn legte sich in Falten, doch ein weiterer Krieger kam herbei und kniete nieder. Deshalb blieb mir keine Zeit, ihn zu fragen, weshalb er verwirrt dreinschaute.

Mein Kopf wurde schwer, meine Stimme heiser, dennoch segnete ich jeden Mann, der kam. Einige tauchten nicht auf – Gaul und seine Anhänger.

Eine weitere Pause, und Tristan reichte mir meinen Becher. »Das war der Letzte.«

»Nicht ganz.« Magnus schritt von der Tür herüber und sank auf die Knie. Dennoch ragte sein Kopf aufgrund seiner gewaltigen Höhe beinah so hoch auf wie meiner.

Ich lächelte und legte ihm die Hand auf die Stirn. »Ich segne dich ...«

Magnus, flüsterte jemand zu meiner Rechten. Die Stimme gehörte weder Tristan noch Ivar oder Lars. Erschrocken drehte ich mich um. Eine große Frau stand an meiner Seite. Ihre Gesichtszüge ähnelten jenen des Kriegers zu meinen Füßen. Sie wirkte so fest, doch ein leichtes Flackern des Kerzenlichts ließ ihre Erscheinung flimmern. *Magnus*, wiederholte der Geist. *Sohn der Berta.*

Ich fand die Stimme wieder und sprach die Worte der Frau nach.

Ivar, Sohn der Asta. Eine Frau mit dunklen, ernsten Augen trat vor.

Und Lars. Eine Frau mir geröteten Wangen und blonden Zöpfen auf dem Rücken lächelte ihren Sohn an. *Sohn der Hilde.*

Tristan, Sohn der Diana. Der Geist von Tristans Mutter stand aufrecht und königlich da. Licht flackerte an ihrem Hals, wo sich der Mondstein befunden hatte.

Tränen brannten mir in den Augen, als ich die wartenden Gesichter betrachtete. Die Krieger bildeten Ränge vor mir, und hinter ihnen gingen die Geister der Gemahlinnen des Königs in Stellung, ihre Mütter.

Nach dem weiten Weg in diese Zeit hatte ich zwar bei meiner Mission versagt, aber wenigstens hatte ich sie befreit.

»Herrin«, sagte Tristan. »Wir gehören dir. Befiel über uns.«

Nein. Ich konnte nicht von ihnen verlangen, für mich zu sterben. Am Morgen würde ich mich dem Totenkönig stellen und ihn mit mir umspringen lassen, wie er wollte, selbst wenn er mich seiner Macht opferte.

Aber das betraf morgen. Vorerst dämmerte es noch nicht.

»Wir haben eine Nacht«, flüsterte ich. »Und ich habe nur einen Wunsch. Keinen Befehl.«

»Verfüg über uns, wie du willst.«

Nur wir waren geblieben, die Geister waren verschwunden. Ich rutschte vom Tisch und ließ den Umhang fallen. Dann stand ich vor ihnen, keine Hexe, keine Maid, nur ich selbst. Yseult.

»Was willst du?«, fragte Tristan.

»Euch«, sagte ich zu ihm und den drei Männern hinter ihm. »Euch alle.«

Dann fasste ich nach hinten, löste meinen Zopf und schüttelte ihn so aus, dass die weißen Blumen um mich herum fielen. Ich war nervös wie eine Jungfrau, und vielleicht war ich das auch, denn ich hatte zum ersten Mal einem Mann mein Herz offengelegt.

»Du möchtest mit uns schlafen?«, fragte Magnus. Seine raue Stimme klang erstickt.

»Mit euch allen.«

»Du ehrst uns.« Tristan legte sein Schwert nieder und löste seine Rüstung. Ich erhob mich, um ihm zu helfen. Seine drei Brüder warteten hinter ihm.

»Komm her. Ich brauche dich.« Ich sank zurück und ließ mein Haar einen Kranz um mich bilden, fahl wie Mondlicht.

Ein Schauder durchlief mich, als ich vor ihnen lag, dann ein weiterer, als sich die Krieger um mich scharten, um meine ausgestreckte Gestalt zu bestaunen. Verlangen regte sich in meinem Bauch, geballt und bereit zu platzen.

»Herrin ...«, hauchte Tristan.

»Nur Yseult. Nur ich.«

»Für uns bist du alles.«

Tristan bewegte sich zuerst. Seine Hand schloss sich

sanft, aber besitzergreifend um mein Fußgelenk. Er hatte das Recht, mich zu berühren.

Seine Finger wanderten höher, und ich erbebte. Meine Hände griffen nach ihm. Er lehnte sich nah zu mir, und ich zog ihn herab, bis er auf mir lag und sein Gewicht auf die muskulösen Armen stützte.

Wenn wir uns Kämpfe des Geists und des Willens lieferten, vergaß ich, wie viel größer als ich diese Männer waren. Im Vergleich zu ihren vor harten Muskeln strotzenden, riesigen Körpern war ich winzig und dünn. Er legte eine Pranke auf mein Schlüsselbein, dann schob er sie höher zu meinem Hals. Dicke Finger streichelten über meine Schlagader. Obwohl sie mehr als genug Kraft besaßen, mir das Genick zu brechen, blieben sie sanft. Seine Berührung schürte das Feuer zwischen meinen Beinen.

»Befehlshaber«, flüsterte ich, und sein Daumen berührte meine Lippen.

»Nenn mich Tristan.«

Wir befanden uns so nah, wie wir uns sein konnten. Tristan schmiegte das Gesicht an meine Brust, atmete meinen Duft ein.

»Nimm mich. Ich gehöre dir.«

Meine Hände zerrten an seinen Schultern, bis er meine Handgelenke ergriff und sie zu beiden Seiten meines Kopfs festhielt. Ich wölbte unter ihm den Rücken durch, neigte die Hüften hoch und genoss seine Stärke.

»Ich bin bereit.«

»Tristan.« Ich schluchzte. Meine emporgereckten Hüften vergingen sich nach seiner Berührung. »Tristan.«

»Schhh, Herrin.« Sanfte Hände drehten mein Gesicht so zur Seite, dass Tristan den Kopf neben meinen senken und meinen Geruch einatmen konnte.

»Bitte«, flüsterte ich.

Er berührte mich. Seine großen Hände streichelten über meinen Körper hinab, erweckten ihn zum Leben. Ich schlang die Arme um seinen Nacken, zog ihn näher, aber er knurrte und hielt meine Hände wieder fest. Während ich mich in seinem Griff krümmte, küsste er sich meinen Körper entlang nach unten.

Dann waren sie alle da – alle vier –, und sie küssten und beanspruchten mich, zeichneten mich als die ihre. Lippen liebkosten meine Fußgelenke, meine Schultern, meine Brüste. Tristan kostete meinen Mund und verschluckte mein Stöhnen. Finger ertasteten die Knospe an meiner Leibesmitte und streichelten sie mit trägen Kreisen.

»Bitte ...« Mein Körper spannte sich unter der eindringlichen Berührung straff wie eine Bogensehne.

»Bald«, murmelte Tristan in mein Ohr. »Wir werden dich schon bald ausfüllen.«

Ein Finger schob sich in mich und zog sich zurück. »Jetzt.« Ich keuchte.

»Nein, erst, wenn du bereit bist.« Und sie sorgten weiter dafür, dass ich mich krümmte und wand. Ich war eine Frau, eine Göttin, und sie beteten mich auf jede ihnen bekannte Weise an.

Endlich, endlich erachteten sie mich als bereit. Tristan füllte mich als Erster aus. Sein großer Körper arbeitete über meinem. Ich fuhr mit den Nägeln seinen Rücken hinab und hakte die Wade über seinen prallen Oberschenkel. Dabei spürte ich, wie sich die eisenharten Muskelstränge anspannten, während er in mir vor und zurück wogte.

Lust durchströmte mich. Ich schrie auf und bohrte die Finger in seinen Rücken, als er die Stöße verlangsamte.

»Nein – hör nicht auf.«

Er beschleunigte den Takt, bis der Tisch unter uns erzitterte. Der Sturm erfasste mich wieder, ließ mich hoch emporschweben. Danach sank ich zurück, geerdet unter Tristans befriedigtem Körper. Der große Krieger stützte sich über mir auf die Arme, während unsere Hüften verbunden blieben. Ivar und Lars standen zu beiden Seiten, streichelten meine Brüste und beobachteten mein Gesicht.

Dann zog jemand mit den Fingern in meinem Haar meinen Kopf nach hinten. Magnus. Der hünenhafte Krieger stand nackt am Kopf des Tischs. Sein bärtiges Gesicht senkte sich herab, und sein Mund beanspruchte den meinen überraschend sanft. Ich seufzte an seinen Lippen, als Tristans Körper den meinen verließ.

Lars nahm seinen Platz ein und streichelte meine Beine, bis ich ihn ansah. »Bist du sicher?«

Ich rollte mich herum und richtete mich auf die Hände und Knie auf, bevor ich zu ihm zurückrutschte. Er packte meine Hüften und zog mich bündig an seine. Als seine pralle Mannespracht in mich glitt, senkte ich den Kopf und nahm Magnus in den Mund. Seine riesige Härte dehnte meine Lippen, passte kaum dazwischen. Ich wirbelte mit der Zunge über die Eichel, als Lars begann, in meine feuchte Hitze zu stoßen.

Als Ivar an die Reihe kam, drehten sie mich wieder um. Mein Kopf fiel so zurück, dass Magnus in meinen Mund tauchen und sich tiefer in meinen Rachen schieben konnte. Ivar stützte meine Beine an seine Schultern, faltete mich gleichsam, während er mich nahm.

»Herrin.« Er zog mich an sich. Sein Mund bearbeitete meinen Hals, saugte an einer Stelle, bis ich dahinschmolz. Seine Zähne bohrten sich in die Haut. Kurz durchzuckte mich Schmerz, gefolgt von Ekstase. Ich bäumte mich in seinen Armen auf. »Mein«, brummte der dunkle Krieger mit knurrendem Unterton.

»Und mein.« Lars presste sich von hinten in mich, hob mein Haar an und zeichnete meine Schulter.

»Für immer.« Tristan küsste mich, als ich mich ihm entgegenlehnte, trunken von Lust. Seine Zähne schrammten über meine andere Schulter, bevor er mir den Paarungsbiss abgab.

Auf diese Weise erhoben Berserker Anspruch auf ihre Gefährtinnen. Die Bindung zwischen uns würde wachsen, unsere Leben würden bis zu meinem Tod ineinander verschlungen sein, und danach würden mir meine Gefährten ins Jenseits folgen.

»Oh nein ...« Ich schluchzte. »Nein.« Ich wollte ihnen nicht ihre Leben zurückgegeben haben, nur um sie gleich darauf enden zu lassen.

»Doch«, entgegnete Tristan. »Wie gezeichnet, so gepaart.«

Ivar und Lars wiederholten seine Worte. Der blonde Krieger fügte hinzu: »Wir wollen mit dir zusammen sein.«

»Für immer.« Ivar nickte.

»Unsere Herrin.« Magnus hob mich in seine Arme. Trotz seiner gewaltigen Größe war er so sanft, als er mich auf seinem Schoß platzierte. Die eisenharte Länge seiner Mannespracht befand sich zwischen uns. Er packte mich an den Hüften, zog mich an sich und schürte mein Verlangen, bis mein Körper geradezu um ihn bettelte. Mit den Fingern in meinem Haar neigte er meinen Kopf nach hinten und leckte mit der Zunge zweimal über meine Schlagader. Beim dritten Mal biss er zu und schickte mich schreiend in lichte Höhen.

20

YSEULT

I ch erwachte eingehüllt in Tristans Umhang, immer noch auf dem Tisch, immer noch in der Wachstube, aber allein. Die anhaltende Dunkelheit verriet mir, dass es noch nicht dämmerte.

Als ich mich aufsetzte, fiel der Umhang von mir ab. Mein Körper schimmerte blass in der Dunkelheit. Sämtliche Male und blauen Flecken waren verheilt. Alle außer den leicht wunden Stellen an meinem Hals, wo die Berserker mich gezeichnet hatten. Ich hatte die Halskette mit dem Mondstein verloren, aber sie hatten mir eine eigene geschenkt. Ihre Bisse umringten meinen Hals.

Sie hatten mir mein Gewand und meine Stiefel neben einem Becher Wasser und Honigkuchen zurückgelassen. Nachdem ich mich angezogen hatte, streckte ich mich langsam, erfüllt von herrlichen Nachwehen. Meine Männer hatten Anspruch auf mich erhoben.

Aber mittlerweile stand der Morgen kurz bevor, und sie waren verschwunden.

Nach einem Bissen des Honigkuchens hörte ich jenseits

der drückenden Stille einen Laut. Geräusche des Kampfs. Geräusche des Todes.

Nein. Ich hastete zur Tür. Als ich den Hof leer vorfand, rannte ich zum offenen Tor. In der frühmorgendlichen Düsternis stellte ich fest, dass es auf dem Übungsfeld hinter der Burg von Berserkern wimmelte. Allerdings handelte es sich nicht um eine Übung. Sie kämpften. Einige hielten die Linie, andere stürmten brüllend vorwärts. Ich erspähte Ivars bärtiges Gesicht unter seinem Helm und Lars' hellen Schopf. Eine dunkle Gestalt stand in glänzender Rüstung auf einem Hügel dahinter und beaufsichtigte die Schlacht zur Vernichtung jener, die dem Totenkönig treu ergeben waren. Bruder kämpfte gegen Bruder, das Gras färbte sich rot.

»Herrin«, brüllte Magnus, der in der Nähe der Mauer kämpfte. »Geh zurück!«

Ich zog mich zurück, geriet jedoch in eine Gruppe von Kriegern.

»Das ist deine Schuld«, warf mir Gaul knurrend vor, packte mich am Arm und zerrte mich in die Burg.

»Nein!« Magnus schüttelte seine Gegner ab und preschte los, doch die Tore wurden geräuschvoll geschlossen und sperren ihn aus. Und mich ein.

Fluchend schleifte Gaul mich weiter. Ich kämpfte darum, auf den Beinen zu bleiben.

»Wohin bringst du mich?«

»Zum König.« Statt mich in eine Halle zu führen, zog er mich zur Treppe. Der Magier stand inmitten einer Sturmwolke aus Magie. Seine Hände verschwammen, während er Zauber wirkte.

Eine ölige Macht kroch mir über die Haut und ließ mich schaudern.

Geister scharten sich in den Schatten der Mauer.

»Helft mir«, flehte ich sie an.

»Es gibt niemanden, der dich retten kann. Dafür besitzt der König zu viel Macht. Er wird seine Armee zerstören und an ihrer Stelle eine andere, stärkere aufstellen.«

Gaul stieß mich auf die Brüstung.

Der König würdigte mich keines Blickes, aber ich hörte seine Stimme im Kopf. *Gerade rechtzeitig. Sieh zu, wie deine Berserker sterben.*

Das Blatt auf dem Schlachtfeld hatte sich gewendet. Wenn ein Berserker fiel, stieg von der Stelle ein Geist auf – dunkel und grotesk, bestehend aus böser Magie. Doppelt so groß wie Magnus pflügten sie durch die Ränge der Krieger und zersplitterten Schilde.

»Halt!«, rief Tristan auf dem Hügel, und seine Männer bildeten eine Linie, die jedoch auseinanderstob, als von der Mauer ein Feuerball schoss.

Rauch kräuselte sich empor, und ich schrie auf. Lars und Ivar gehörten zu jenen in der Reihe, die zu Boden geschleudert wurden.

Über mir lachte der Magier hämisch. Seine Füße erhoben sich von der Mauer, als die Magie ihn höher trug, aber er blieb auf sein Ziel konzentriert: die Vernichtung seiner eigenen Soldaten.

Brüllend stellte sich Magnus den Monstern, die sich aus den Körpern seiner ehemaligen Kriegerbrüder erhoben hatten. Der Totenkönig wurde seinem Namen gerecht und erweckte die Toten zum Leben.

»Göttin ...« Stöhnend klammerte ich mich an den Zinnen fest, als der Wind bittere Asche über die Mauer wehte. Wieder und wieder schoss Feuer aus den Händen des Magiers. Ich könnte gegen den Wind ankämpfen, um ihn zu erreichen, aber er könnte mich mühelos von der Mauer werfen.

»Yseult.« Eine Stimme in den Böen. Tristan hatte seinen Posten verlassen und erklomm die Mauer.

»Nein«, presste ich erstickt hervor. Er setzte sein Leben für mich aufs Spiel, dieser tapfere, wunderschöne Narr.

Gaul und seine Mannen gingen zum Rand. Als Tristan oben ankam, erwarteten sie ihn bereits.

»Nein!«, schrie ich, als Schwert auf Schwert prallte. Einer der Krieger fiel, von Tristan über die Mauer geworfen. Die anderen stürmten gleichzeitig auf ihn zu.

Der Stein, flüsterte ein Geist. Diana, Tristans Mutter, stand an meiner Seite. *Benutz den Stein.*

Ich spürte ein Gewicht in meiner Schärpe. Ich griff hinein und zog den Mondstein heraus, mit dem Tristan mich getestet hatte.

Zu meiner Rechten schwebte der Magier über der Mauer und wirkte seine Zauber. Er sah nicht mehr wie ein Mensch aus, sondern wie eine neblige Erscheinung, umgeben von Blitzen. Zu meiner Linken trieb Tristan sein Schwert durch Gauls Brust und stieß ihn von der Mauer, dann wirbelte er herum zu den Speeren der verbliebenen Berserker.

Jetzt. Weitere Geister schlossen sich Diana an.

Schau zum Horizont. Es ist Zeit, sagte Hilde.

Tageslicht schwächt ihn, fügte Asta hinzu, als die ersten Sonnenstrahlen schräg durch die furchterregende Gestalt des Magiers fielen. *Er kann besiegt werden. Aber es wird dir alles abverlangen.* Sie deutete mit dem Kopf auf meine Hände. *Benutz den Stein.*

Ich umklammerte den Mondstein und spürte den Strom meiner Kräfte knapp außerhalb meiner Reichweite. Ich war immer noch keine Hexe, immer noch schwach. Schwach genug, um die Abwehr des Magiers zu durchdringen.

Stark genug, um mein Leben für meine Männer zu opfern.

Ich musste sie retten.

»Helft mir«, bat ich die Geister, als Tristan von Speeren getroffen knurrte. Damit rannte ich auf den Magier zu und sprang. Geisterhände trugen mich in die Höhe. Die Luft knisterte vor Magie, mein Haar peitschte mir ins Gesicht. Aber meine Arme waren kraftvoll, gestärkt vom Willen vieler, von all den Gemahlinnen des Totenkönigs, die nicht mit ansehen wollten, wie ihre Söhne zu Opfern seiner Herrschaft wurden.

»Lycaon!«, brüllte ich, obwohl die Magie des Magiers drohte, mir die Haut von den Knochen zu fetzen. »Ich binde dich.« Und damit stieß ich den Stein in sein Herz.

Blitze blendeten mich. Donner dröhnte. Schreie zerrissen die Luft, als die Macht des Magiers brach. Der Rückstoß schleuderte mich von der Burgmauer. Geisterhände hielten mich noch einige Herzschläge lang in der Luft, dann prallte ein harter Körper gegen mich, und wir fielen.

Als ich benommen aufwachte, wurde die Erde in Stücke gerissen. Mit der Zerschlagung der Macht des Totenkönigs erzitterten die Grundfesten der Burg. Die Mauern wurden rissig und stürzten ein. Steine prallten auf den Boden und zerfielen zu Staub.

Aber es war zu spät. Um mich herum lagen tote Berserker, aus denen Blut sickerte und das Grab des Totenkönigs versiegelte.

Unter mir befand sich Tristan. Er hatte meinen Sturz abgefedert, nun jedoch rührte er sich nicht mehr.

»Nein ...« Ich schluchzte. »Nein.« Ich hatte den Totenkönig gebunden ... aber um einem zu hohen Preis.

21

YSEULT

Die Morgendämmerung brach an. Ich hörte meine Schwestern den Widerhall des Zaubers leiern, der mich durch die Zeit geschickt hatte.

WANN TREFFEN wir uns alle wieder?

DIE WORTE ERTRANKEN im Geheul der Zerstörung des Totenkönigs.

Trotzdem hörte ich sie immer noch, gesprochen von geisterhaften Stimmen.

VOLLENDET IST DER ZAUBER, den wir begonnen, die Schlacht ist verloren und gewonnen ...

»TRISTAN«, krächzte ich, obwohl er totenstill lag. Ich zog mich über ihn, legte den Kopf auf seine Brust und lauschte auf seinen Herzschlag. Um mich herum fühlte ich sehr schwach die Berserker-Bindungen zu meinen Männern. Alle gefallen. Alle sterbend.

MIT DEM LICHT der aufgehenden Sonne ...

MIT DER LETZTEN Kraft in mir murmelte ich den Vers und konzentrierte mich auf die Berserker-Bindungen. Wir würden zusammen sein, ganz gleich, was uns holte – der Zauber oder der Tod.

Magie fegte durch meinen Körper und zerriss mich. Die Luft teilte sich. Heulender Wind drang mir in die Ohren, als tausend Jahre binnen einer Sekunde vergingen.

Stille. Der Atem raste zurück in meine Lunge. Einen Moment lang verharrte ich wie betäubt auf dem Rücken. Dann kehrten Empfindungen zurück, und ich unterdrückte ein Stöhnen. Mein Körper fühlte sich an, als wäre er geschlagen worden.

Der Wind fegte über mein Gesicht und trug mir den vertrauten Gestank zu. Der Zauber war abgeschlossen. Ich war zu Hause.

Benommen setzte ich mich auf. Der Zauber hatte mich in meine eigene Zeit zurückversetzt. Ich erkannte die verwüstete Ebene. So trostlos und steinig, wie ich sie hinter mir gelassen hatte, aber hie und da blühten ein paar weiße Blumen.

Es kann Gutes in der Welt geben, wenn die Blumen noch blühen können.

Etwas blitzte in meinem Augenwinkel auf. Ich schaute hin, sah aber nichts. Ein Geist?

Dann spürte ich es unter dem Pochen meines Herzens –

das schwache Pulsieren der Paarungsbindung. Vier verschiedene Bindungen, aber alle gleich stark.

Hastig rappelte ich mich auf und wankte in die Richtung des geisterhaften Boten. Mein Atem rasselte durch mich hindurch, als ich innerlich betend über die von Flechten bedeckten Felsen eilte.

Tristan lag mit regungslosen Zügen in einem Bett aus Heidekraut. Ich warf mich zu Boden. Seine Brust hob und senkte sich. Lars lag zu seiner Rechten, Ivar zu seiner Linken. Magnus' großen Körper sichtete ich einige Meter entfernt.

Ich hatte es geschafft. Ich hatte sie mit in meine Zeit genommen.

Als ich Tristans Gesicht berührte, schlug er die Augen auf. Blut und Dreck verkrusteten sein Antlitz und seinen Körper, aber er lebte.

»Tristan«, flüsterte ich.

»Yseult? »Was ist passiert?«

»Wir sind hier. In meiner Heimat.«

Er setzte dazu an, sich aufzurichten, und stöhnte. Ich lege die Hand auf ihn.

»Schhh, ruhig. Bleiben vorerst liegen. Wir sind in Sicherheit.«

»Was ist das für ein Gestank?«

»Das Grab des Totenkönigs«, antwortete ich halb lachend. »Wir haben es in deiner Zeit versiegelt. Es ist wieder aufgebrochen.«

Seine Augen wurden groß. »Also sind wir ...«

»Tausend Jahre von deiner Zeit entfernt, Lieber«, sagte ich zu ihm. Um uns herum rührten sich die anderen Männer.

»Schwester«, rief eine zittrige Stimme. »Yseult.«

Tristan griff nach seinem Schwert – das verschwunden war –, und ich drückte ihn erneut zurück nach unten.

»Das sind nur die Hexen. Meine Schwestern.« Sofern ich sie noch so nennen konnte. Meine Kräfte waren nach wie vor verschwunden.

Der Zirkel eilte auf uns zu, angeführt von der Ältesten, die sich mit einer Geschwindigkeit bewegte, die ihre Jahre Lügen strafte. Hinter ihr stand Sabine, meine Schülerin, mit ihren Gefährten an der Seite. Kaum erblickten sie Tristan und drei andere, fremde Krieger, traten sie mit gezogenen Waffen vor.

»Halt.« Ich fand mich auf den Beinen wieder. »Diese Männer sind Freunde. Sie haben mir geholfen.«

»Dann hat der Zauber gewirkt? Hast du ihn gefunden?« Mehrere Hexen redeten gleichzeitig auf mich ein. Aber nicht die Alte, die mich nur mit ihren Knopfaugen eingehend musterte.

»Das habe ich. Und ich habe dem Totenkönig gegenübergestanden. Nur dank dieser Männer habe ich überlebt.« Trotz seiner Wunden erhob sich Tristan an meiner Seite. Ivar und Lars halfen sich gegenseitig auf. »Sie haben mir geholfen, der Magie des Magiers zu entkommen.«

Die greise Hexe näherte sich. Tristan wollte sich zwischen uns stellen, doch ich hielt ihn davon ab. Einen Moment lang musterte mich die Alte nur, dann nickte sie knapp. Zufrieden wandte sie sich um und ging davon.

»Hast du den Zauber?«, hakte Sabine nach.

Ich nickte und gestattete mir, mich an Tristan zu lehnen. Meine Handflächen brannten davon, dass ich den Stein umklammert und in das Herz des Totenkönigs gestoßen hatte. Die Überlieferung erzählte von einer *Holzmouwa*, die den Magier tausend Jahre lang gebunden hatte, und nun kannte ich die Wahrheit.

Das war ich gewesen.

»Ich habe den Zauber.« Ich ließ den Wind meine Stimme zu all meinen Schwestern tragen. »Ich weiß, wie man ihn besiegen kann.«

~

ENDE

EPILOG
YSEULT

Im Lauf der Jahre war ich weit gereist, doch mein Zuhause war eine schlichte Höhle. Sie lag tief im Inneren der Erde, geschützt von reichlich Magie.

Ich lud meine Schwestern ein, vom Moor zu mir zu reisen, auf dass wir in Sicherheit beratschlagen konnten. Nur zu gern hätte ich mich versteckt und ausgeruht, ganz so, wie sich ein von einem Raubtier geschwächtes Beutetier verkriecht, um zu heilen. Als ob meine Krieger es spürten, scharten sie sich um mich, eine furchterregende Ehrengarde.

Mir fiel auf, dass Sabines Gefährten es ihnen gleichtaten, doch als sie sich meinen vier näherten, nickten sie sich gegenseitig respektvoll zu. Dennoch lösten sie nicht die Hände von den Waffen.

Als wir meine Behausung erreichten, überkam mich ein Anflug von Panik. Ich hatte viele Jahre damit verbracht, die Schutzzauber übereinanderzuschichten. Würden sie mich nun ohne meine Magie noch erkennen?

»Ist schon gut, Kind.« Die Alte tauchte plötzlich an meiner Seite auf. Während des Marsches war sie verschwunden gewesen – ich hatte nach ihr Ausschau gehalten. Von allen meinen Schwestern wollte ich am dringendsten mit ihr sprechen.

Sie nickte zu dem Hügel, der den Eingang meiner Höhle verbarg. »Nähere dich einfach wie üblich.«

Ich bat mein Gefolge, zu warten, und setzte den Weg mit unsicheren Schritten fort. Nach einer bangen Sekunde klaffte der Boden vor mir auf – ein Tunnel, der in den Hügel führte. Als ich zur Seite trat, um die Gruppe an mir vorbei zu lassen, blieb die Alte zurück und sagte zu mir: »Gut gemacht, Kind.«

Ich versteifte den Körper, um mein Zittern zu verbergen. Obwohl ich meine Kraft nicht wie früher spürte, schien sie vorhanden zu sein, still, aber tief und weit wie ein ruhiges Meer.

»Herrin.« Tristan kam näher und nahm meinen Ellbogen.

»Es geht mir gut.«

Sein verkniffenes Lächeln verriet mir, dass er die Lüge durchschaute. Ein leiser Befehl, und seine Hauptmänner bildeten zusammen mit Sabines Gefährten die Nachhut der Gruppe.

»Wir postieren eine Wache«, sagte er und schüttelte den Kopf, bevor ich vorbringen konnte, dass meine Schutzzauber ausreichen würden. »Einer von uns und einer von ihnen.«

Stirnrunzelnd zupfte ich an seiner schmutzigen Rüstung. Meine Hand erreichte die Haut darunter. Sie fühlte sich warm und glatt an. Seine Wunden waren verheilt. »Berserker-Magie«, murmelte ich, obwohl vermutlich meine Schwestern insgeheim nachgeholfen hatten. Ich war froh darüber, doch ich wünschte, ich wäre selbst in der Lage gewesen, meine Gefährten zu heilen.

»Es geht uns gut, Herrin. Lass uns unsere Pflicht tun.«

Ich seufzte. Ich war nicht daran gewöhnt, Beschützer zu haben, die ich nun jedoch anscheinend hatte.

Während meine Schwestern nacheinander die Hauptkammer betraten, steuerte Sabine auf die Feuerstelle zu. Wegen ihrer Ausbildung bei mir war sie schon viele Male hier gewesen und wusste, was zu tun war, damit sich alle willkommen fühlten. Sie wies einige Novizinnen an, Essen und Getränke zu servieren und bei meinen Kriegern damit anzufangen. Ich lehnte alles ab, bis sich Tristan mit einem Becher an meine Seite kniete und selbst kein Essen nehmen wollte, bis ich getrunken hätte.

Mein Gesicht und mein Körper blieben gefasst, obwohl ein unheimliches Flüstern durch den Raum geisterte. Meine Schwestern wollten wissen, was geschehen war, warum sich mein Gesicht so verändert hatte und warum ich mit Gefährten zurückgekehrt war.

Ich nippte aus meinem Becher. Meine andere Hand zitterte unter der Robe, die Tristan mir um die Schultern legte. Für alle in meiner Zeit war ich die mächtige Hexe Yseult. Der Zauber hatte mich auf die Ebene einer Novizin zurückgeholt, aber ich würde keine Schwäche zeigen. Zumindest nicht, wenn ich es verhindern könnte.

Die Älteste beobachtete das Geschehen aus einer Ecke, wo sie wie ein Rabe auf einem großen Fass hockte. Nichts entging ihren scharfen schwarzen Augen.

Tristan blieb in meiner Nähe, presste sich beinah an meine Seite, als könnte er mein Unbehagen fühlen. Er trug noch seine Rüstung, hatte sich aber das Gesicht und die Hände gewaschen und die gröbsten Spuren der Schlacht beseitigt.

Schließlich stellte ich den Becher ab und verschränkte

die Finger ineinander. Und so erzählte ich meinen um das Feuer gescharten Schwestern die ganze Geschichte.

»Es ist vollbracht«, hauchte eine Novizin am Ende.

»Nicht ganz«, widersprach eine Ältere. »Sie hat ihn in jener Zeit gebunden. Der Zauber hat tausend Jahre lang gehalten und ist nun abgenutzt. Wir müssen uns dem Magier erneut stellen.«

»Du warst die *Holzmouwa*, die ihn ursprünglich gebunden hat«, hakte eine andere nach.

Ich nickte. »In jener Zeit besaß ich keine Magie. So sind meine *Holzmouwa*-Fähigkeiten zurückgekehrt.«

»Und ist jetzt deine Magie wieder da?« Einen Moment lang hasste ich die Novizin, obwohl sie nur gefragt hatte, was jeder meiner Schwestern durch den Kopf ging.

»Wieder da?«, meldete sich die Älteste krächzend zu Wort. »Warum sollte sie wieder da sein? Sie war nie weg.« Der Blick ihrer schwarzen Augen heftete sich auf mich. »Sie ist eine *Holzmouwa* und eine Hexe.«

»Nicht ganz«, entgegnete ich. »Meine Kräfte sind anders.«

»Verändert. Nicht geringer.« Die Älteste rutschte von ihrem Sitz. »Genug. Wir haben viel zu tun. Wir müssen den Mondstein finden und planen, wie wir uns dem Magier nähern können, um den Zauber zu wirken. Nicht du.« Sie legte Tristan die Hand auf die Schulter, und wenngleich er überrascht blinzelte, ließ er es zu. »Du hast viel getan. Du musst dich ausruhen.«

Meine Schwestern erhoben sich alle und wuselten herum wie kopflose Hühner.

»Kann ich irgendetwas für dich tun?«, fragte Sabine, und ich dankte ihr.

»Wir kommen wieder«, sagten ihre Gefährten zu Tristan. »Wir wachen über diesen Ort, während ihr euch ausruht.

Wir möchten, dass ihr uns in ein paar Tagen zu einer Jagd begleitet.«

Mein Gefährte erklärte sich einverstanden.

»Yseult«, rief die Älteste nach mir, und ich hörte sie klar und deutlich trotz ihrer leisen Stimme. »Ich möchte mit dir reden. Allein.« Sie hob die Hand, als Tristan an meiner Schulter auftauchte. »Ich werde deiner Herrin nichts tun. Du hast mein Wort, Befehlshaber.«

Tristan verbeugte sich. »Ich rede mit meinen Männern.«

Ich beobachtete, wie er davonschritt. Sogar in meinem kleinen Zuhause wirkte er stark und mächtig.

Eine nach der anderen gingen die Hexen. Ich wartete, bis die Letzte verschwunden war, und ließ ich mich an der Feuerstelle nieder.

Die Älteste stupste mit einem Becher meine Hand. »Trink das.«

Ich tat, wie mir geheißen, und ich sog scharf die Luft ein, als mich ein Anflug von Energie durchströmte.

»Mein eigenes Gebräu.« Sie zwinkerte mir mit ihren rabenschwarzen Augen zu. »Also, Yseult. Du hast dich dem wahnsinnigen König gestellt und deine Berserker gerettet. Und das alles ohne deine Kräfte.«

»Nicht freiwillig.« Ich begegnete ihrem Blick. »Hast du es von Anfang an gewusst?«

Sie zuckte mit den Schultern. »Der Totenkönig würde eine mächtige Hexe nicht in seine Nähe lassen. Nur eine schlichte Maid, schwach und minder, konnte nah genug an ihn heran, um ihn zu vernichten.«

»Dann war es von vornherein deine Absicht. Du hast den Zauber gewoben.« Ich stellte den Becher beiseite. »Warum hast du mich nicht gewarnt?«

»Wärst du dann gegangen? Hättest du deine Macht aufgegeben und es trotzdem getan?«

Ich presste die Lippen zusammen. Ich wusste es wirklich nicht.

Die Älteste lachte gackernd und tätschelte meine Hand. »Was geschehen ist, ist geschehen. Das hast deine Sache gut gemacht, Kind.«

»Es gibt immer noch etwas zu tun.«

»Und es wird getan werden. Du hast uns den Weg gezeigt. Gut möglich, dass du erneut diejenige wirst, die ihn bindet.«

Ich nickte. »Ich muss bereit sein. Ich muss daran arbeiten, meine Macht zurückzuerlangen.«

»Du besitzt Macht, Kind. Du bist eine *Holzmouwa*. Du hattest die Macht die ganze Zeit.«

»Ich bin von diesem Weg abgewichen, als ich eine Hexe wurde.«

»Ja, aber die Göttin hatte einen anderen Plan. Du hast einen Weg gesucht, um stark zu werden – stark genug, um gegen einen Mann zu kämpfen und über ihn zu herrschen.«

»Nicht deshalb habe ich den Weg der Hexe gewählt«, protestierte ich.

»Das spielt keine Rolle. Dazu hättest du den Weg der Hexe nicht gebraucht. Vielleicht kannst du beides haben.« Ein Lächeln trat in ihre hässlichen, runzligen Züge.

Schwerter klirrten. Ich schaute auf, als vier große Krieger hereinkamen. Sie brachten den Duft von gebratenem Fleisch mit. Magnus bildete das Schlusslicht und biss Brocken von einer Keule.

Meine Schultern sackten herab. Ich hatte nicht einmal daran gedacht, ihnen etwas zu essen zu geben.

»Sie sind Männer, keine Jungen. Sie können jagen und für sich selbst sorgen.« Die Alte erhob sich und trat Tristan gegenüber. »Später werden wir euch untersuchen wollen. Um herauszufinden, ob der Zauber irgendwelche

Nachwirkungen hat. Aber zuerst lassen wir euch ausruhen.«

Ich folgte der greisen Hexe zum Eingang meiner Höhle.

»Geh zu ihnen. Sie haben gegessen und sich ausgeruht, aber sie hungern immer noch nach dir.« Sie gab mir einen leichten Schubs, und als ich über die Schulter in ihre Richtung zurückblickte, war sie verschwunden.

Ich kehrte zurück in die Höhle und blieb unvermittelt stehen, als sich die riesigen Krieger alle gleichzeitig zu mir umdrehten.

»Herrin«, sagte Ivar leise, und mir wurde bewusst, dass ich sie alle angestarrt hatte. Ich hatte noch nie einen Mann in mein Zuhause gebracht. Nun hatte ich vier.

Ich räusperte mich. »Tiefer in den Höhlen gibt es Becken, falls ihr baden möchtet.«

»Möchtest du, dass wir baden?«, fragte Ivar.

Lars klatschte ihm die Hand auf die Schulter. »Sie versucht, uns zu sagen, dass wir stinken.«

»Sprich mal lieber nur für dich selbst.« Ivar schüttelte seine Hand ab. »Ich rieche wie ein Mann.«

»Vielleicht mag sie unseren Geruch, möchte aber einfach, dass wir unsere Rüstungen ausziehen«, scherzte Lars.

Ich errötete ob ihrer Witzeleien wie eine Jungfrau.

»Ich weiß, dass ich stinke«, sagte Magnus. Er riss das letzte Fleisch vom Knochen. Ich öffnete den Mund, um ihm zu sagen, wie und wo er den Knochen entsorgen sollte, aber er ließ ihn einfach auf den Boden fallen.

»Du bist ein Schwein«, warf Ivar ihm vor.

Magnus zuckte mit den Schultern.

»Genug«, befahl Tristan. »Lasst uns tun, was unsere Herrin wünscht.«

»Wartet.« Ich räusperte mich. »Ich muss euch etwas

sagen. Ich habe noch nie einen Mann in meine Unterkunft mitgenommen. In mein Zuhause, meine ich. Ihr seid die Ersten.«

»Wir sind die einzigen Männer, die hierher kommen?« Lars grinste.

»Ja.« Wieder errötete ich. Für alle anderen war ich eine mächtige Hexe. Für diese Männer würde ich mich immer wie ein Mädchen an der Schwelle zur Frau anfühlen.

Tristan rührte sich zuerst.

»Wir fühlen uns geehrt, Herrin. Was können wir tun, damit du dich wohlfühlst? Wir stehen dir uneingeschränkt zur Verfügung.«

Ich lächelte verhalten. »Ihr solltet baden. Und euch anständig anziehen. Ich kann Kleidung für dieses Zeitalter für euch auftreiben. Ich kann euch viel darüber erzählen, was sich vor dieser Zeit ereignet hat, zwischen eurem Leben und meinem.«

»Tausend Jahre Geschichte«, meinte Tristan nachdenklich. »Das wird viele Nächte dauern.«

»Die ich lieber anders verbringen würde«, brummelte Lars.

»Oh Göttin.« Ich hob die Hände ans Gesicht.

»Was ist mit dir, Yseult?«, fragte Ivar.

Ich senkte die Hände ein wenig, ließ sie aber weiterhin meine schillernden Wangen bedecken. »Mit mir?«

»Wir hatten nur eine Nacht, Herrin. Wir kennen dich seit einem Tag. Wir möchten mehr über dich erfahren.«

Ich sank auf einen Stuhl.

»Genug. Das alles kann warten«, ergriff Tristan das Wort und kauerte sich neben mir hin. »Du bist müde, Herrin.«

»Ein bisschen. Es ist ein langer Tag gewesen.«

»Wir ruhen uns aus«, sagte Tristan.

»Wir alle?«, fragte Lars.

»Alle bis auf einen. Der eine bleibt bei unserer Herrin. Allein.«

»Ich bin nicht müde«, meldete sie Magnus zu Wort.

»Allein?« Lars horchte auf.

»Einer nach dem anderen«, bestätigte Tristan.

»Ist das für dich annehmbar, Herrin?«, fragte Ivar.

»Ja, das wäre gut«, antwortete ich und blies zittrig die Luft aus.

»Also gut. Dann ich zuerst.« Lars nahm den Helm ab.

»Was?«, kam von Magnus. »Warum gerade du?«

»Weil ich der Jüngste bin. Und von uns allen hatte ich das Vergnügen, unsere Herrin zum Lachen zu bringen.«

Seine verwegene Behauptung zauberte ein verhaltenes Lächeln auf meine Lippen.

»Er hat recht«, sagte Ivar.

»Dann ist es entschieden«, verfügte Tristan. »Wo ist unsere Unterkunft?« Ich wies ihnen den Weg zu einem Lagerraum und zeigte ihnen die Ablagen mit zusätzlichen Fellen. Wir würden eine größere Kammer zum Schlafen finden müssen. Später. Nachdem ich mir überlegt hätte, wie man mit vier riesigen Kriegern zusammenlebte.

Wie sollte ich sie alle ernähren? Wo würden wir schlafen?

»Danke, Herrin«, murmelte Tristan.

»Danke«, fügten Ivar und Magnus hinzu und verbeugten sich vor mir. Tränen brannten in meinen Augen. Ich hatte diese Männer gefunden und beinah wieder verloren. Und immer noch mussten wir uns Gefahren stellen. Wer konnte sagen, was die Zukunft bringen würde?

»Nicht weinen, Yseult.« Lars, der ewige Schmeichler, ergriff meine Hand. »Wir haben zwar vorerst nur eine Nacht, aber nach deiner Zeit mit meinen Kriegerbrüdern komme ich ja wieder.«

»Du bekommst nicht die ganze Nacht mit ihr«, widersprach Magnus knurrend. »Ich brauche wenig Schlaf.«

»Ich werde keine Nacht brauchen, um ihr jeden anderen Mann zu vermiesen.«

Mit einem grölenden Lachen ging Magnus in den Lagerraum. Ich ertappte Ivar dabei, wie er mir zuzwinkerte, bevor Tristan die Tür schloss.

»Endlich.« Grinsend drehte sich Lars mir zu. Er hatte seine Rüstung abgelegt und band sich die Haare hinter dem Kopf zusammen. »Wir sind allein.«

»Ja.«

»Du zitterst.« Stirnrunzelnd führte er mich zum Feuer.

»Das ist es nicht.« Ich rieb mir das Gesicht. »Mir ist nicht kalt.«

»Herrin, du musst uns nicht fürchten.«

»Das ist mir bewusst. Ich weiß. Es ist nur …«

Er brachte mich zum Schweigen, lenkte mich auf den Läufer vor der Feuerstelle und zog eine Robe über uns. »Schlaf, Herrin. Ich wache über dich.«

»Das musst du nicht tun«, flüsterte ich ihm zu. »Ich bin es gewohnt, wachsam zu sein. Ich bin es gewohnt, allein zu sein.«

Eine Zeit lang strich er mir die Haare aus dem Gesicht. »Vielleicht bist du zu lange allein gewesen.«

»Ich …«

Er unterbrach mich mit einem zärtlichen, keuschen Kuss, bevor er mich vor sich auf die Seite drehte. Dann zog ein starker Arm meinen Rücken an seine Brust. »Schlaf jetzt.«

Ich empfand es als Segen, dass es mir tatsächlich gelang.

Dann jedoch träumte ich. Der Totenkönig verfolgte mich, streckte die Skeletthände nach mir aus. Runde um

Runde liefen wir, während die Berserker auf einem Feld voll Blut lagen.

»Yseult. Yseult!« Jemand schüttelte mich. Ich erwachte mit einem Aufschrei.

Das Feuer war auf Glut niedergebrannt. Ivar beugte sich mit besorgter Miene über mich. Er hob meinen Kopf an und setzte mir einen Becher an die Lippen. Nachdem ich getrunken hatte, zog er mich in seine Arme und hielt mich fest, während ich das Gesicht an seinem Hals vergrub und weinte.

»Süße Yseult.« Er streichelte meinen Rücken. »Erzähl mir deine Träume.«

Ein Schauder durchlief mich. So heftig hatte ich seit meiner Ausbildung als Novizin nicht mehr geweint. »Ich habe von eurem Tod geträumt.« Mehr brachte ich nicht hervor; es war zu schrecklich. Ivar nickte, als wüsste er Bescheid.

»Ich möchte baden. Zeigst du mir, wo?«

Endlich etwas, das ich tun konnte. Ich ergriff eine Fackel und führte ihn durch die Höhle zu einem besonderen Ort, den ich gefunden hatte und an dem heiße Quellen aus der Erde sprudelten.

»Deshalb habe ich mir mein Zuhause hier geschaffen.«

»Du hast allein hier gelebt?«

»Seit ich die Novizinnen verlassen und meinen eigenen Weg als Hexe beschritten habe.«

»Ich verstehe.« Er kauerte sich hin und fühlte das Wasser, dann zog er sich aus. Mir stockte der Atem beim Anblick des Spiels der Muskeln an seinem Rücken, und ich taumelte geradezu, als er sich umdrehte und auf mich zukam. Er schien meine Verblüffung und mein Verlangen nicht zu bemerken. »Ich werde dich jetzt waschen.« Er wartete, bis ich nickte, dann half er mir beim Ablegen meines Gewands und führte mich an der Hand ins Wasser.

Schüchtern stand ich mit gesenktem Haupt da, während er mit einem Tuch über meinen gesamten Körper wischte. Er nahm sich Zeit.

»Ivar.« Ich presste mich an ihn.

Er neigte den Kopf zu mir herab und drückte den Mund auf meinen. Unwillkürlich schlang ich die Arme um seine Schultern, und wir versanken tief ineinander ... bis sich jemand in der Nähe räusperte.

Erschrocken löste ich mich von ihm und sah, dass Tristan am Rand des Beckens wartete.

Mit einem bedauernden Grinsen trat Ivar zurück. »Meine Zeit ist um.«

Ein Seufzen rutschte mir heraus, als der Krieger davonmarschierte. Wassertropfen perlten über seine bronzene Haut, kullerten über seinen Rücken zu den Vertiefungen zwischen seinen Hüften und in die Ritze seines Hinterns.

Tristan räusperte sich erneut. »Fühlst du dich besser?«

»Ja. Ich empfehle ein Bad.«

»Hm.« Er begann, sich auszuziehen. »Das letzte Mal, als ich gebadet habe, wurde ich unterbrochen.«

»Wie unhöflich. Das kann ich mir gar nicht vorstellen.«

»Nun ja, es war der Anblick einer hübschen jungen Frau.«

»Einer jungen Frau?« Ich zog eine Augenbraue hoch. »Keiner Herrin?«

»Beides.«

Ich schob ihn von mir. »Wir haben etwas zu besprechen.«

»Ach ja?«

»Ja.« Ich wandte mich von ihm ab. »Heute Morgen bin ich allein aufgewacht.«

»Herrin ...«

»Ihr habt mich in der Wachstube zurückgelassen!«

»Das war nicht unsere Absicht. Wir wollten den Kampf zur Ablenkung anzetteln und zurückkehren, um dich in Sicherheit zu schmuggeln. Gaul war für uns gewappnet. Und in der Hitze des Gefechts haben wir dich an dem einzigen Ort gelassen, von dem ich dachte, du wärst dort sicher. Ich wusste, dass unser Kampf aussichtslos war. Ich habe gehofft, wir könnten den Magier schwächen, damit du entkommen kannst.«

»Ihr hättet sterben können. Das habe ich nicht von euch verlangt.«

Seine Arme schlossen sich um mich. »Yseult ...«

»Nein.« Ich versuchte, mich ihm zu entwinden. Es gelang mir nicht. Ich krallte an seinem Griff.

»Es tut mir leid, dass wir dich zurückgelassen haben. Es war meine Entscheidung. Meine allein.«

»Du hast mir die Entscheidung abgenommen.« Er behandelte mich, als wäre ich schwach.

Seine Lippen berührten mein Ohr. »Wie kann ich es wiedergutmachen?«

»Ich weiß es nicht.« Meine Brust hob und senkte sich heftig unter dem Schmerz, der mir das Herz zusammendrückte. »Ich weiß es nicht.«

Seine Lippen senkten sich auf meine Schulter, sein Gesicht schmiegte sich in mein Haar.

»Ich weiß nicht, ob ich das kann.«

Sanft drehte er mich zu sich herum, doch ich konnte seinem Blick nicht begegnen. »Ich ... darf nicht mit euch zusammen sein.« Ich deutete mit der Hand in Richtung der Höhle.

»Nicht die unsere sein?«

»Nicht schwach sein.«

»Yseult.« Er strich mir das nasse Haar aus dem Gesicht.
»Du bist nicht schwach. Du bist nicht gebrechlich. Du hast
deine Heimat verlassen. Du hast dich dem Magier gestellt.
Hast du davor wirklich Angst?« Er neigte mein Kinn nach
oben. »Vor uns?«

»Ich ... ich sollte nichts fürchten. Solche Angst habe ich
seit meiner Ausbildung als Novizin nicht mehr
empfunden.«

Er legte den Kopf schief. Seine große Hand schob sich
unter das Haar in meinem Nacken.

»Ich bin keine Hexe mehr«, flüsterte ich. »Nicht mehr so,
wie ich es war. Ich bin ...«

»Schwach?«

»Machtlos.«

»Für uns besitzt du große Macht.«

»Du verstehst das nicht. Mein Leben lang wurde ich zur
Hexe ausgebildet, und jetzt bin ich keine mehr. Ich bin nur
eine *Holzmouwa*.«

»Nur?« Seine Finger verstärkten den Druck an meinem
Nacken. »Du bist zu uns gekommen – barfuß, nur mit einem
Untergewand bekleidet. Du warst unsere Gefangene.
Trotzdem hast du uns gerettet.«

»Ich bin schwach«, flüsterte ich.

»Stark genug, um unsere Gefährtin zu sein. Stark genug,
um zu lieben. Wenn du bereit dazu bist.« Seine Finger
zogen sich zurück. Als er sich von mir entfernte, hätte ich
beinah aufgeschrien und wäre ihm gefolgt. »Wir werden es
nicht erzwingen. Wir lassen dich darüber nachdenken.«

»Tristan!«, rief ich. Am Eingang hielt er inne. »Bitte ...
verlasst mich nicht.«

»Wir haben unsere Wahl getroffen. Wir warten, bis du
die deine getroffen hast.«

Ich wünschte, ich wäre in der Lage, ihm sofort zu folgen,

ihn in die Arme zu nehmen und mich festzulegen. Stattdessen jedoch nahm ich mir Zeit, lief am Rand des Wassers auf und ab. Schließlich blieb ich stehen. Mein Spiegelbild hatte sich nicht verändert. Ich sah immer noch aus wie eine junge Frau in der Blüte der Jugend. Ich konnte zum Pfad der Hexe zurückkehren, meine Ausbildung wiederholen, wieder mächtig werden. Gegen den Magier kämpfen, Umgang mit meinen Schwestern pflegen und abgesehen davon ... allein leben. Oder ich konnte eine *Holzmouwa* bleiben.

Oder vielleicht wäre beides möglich. Bisher war ich immer meinem eigenen Weg gefolgt. Nun standen mir plötzlich vier Männer zur Seite.

Nach einem tiefen Atemzug überwand ich mich, die Becken zu verlassen. Mein Gewand klebte an meinem nassen Körper. Meine Füße waren nackt, und das Haar hing mir strähnig ins Gesicht, als ich zurück zur Hauptkammer tappte. Widerhallende Männerstimmen begrüßten mich. Sie hatten die Glut geschürt und sich um die Feuerstelle geschart.

Sobald ich die Kammer betrat, richteten sich alle Blicke auf mich, und ich hielt inne. Magnus lag ausgestreckt auf dem Läufer, Ivar saß nah am Feuer und benutzte einen Stock, um in gebratenem Fleisch zu stochern. Lars spielte müßig an einem seiner Zöpfe. Tristan lehnte an der Feuerstelle aus Stein, das Gesicht halb im Schatten, halb im Licht. Alle warteten. Anscheinend auf mich.

Vier Männer. Oh Göttin, würde ich dem gewachsen sein?

Magnus rührte sich als Erster. »Herrin«, hauchte er. Ich stand da wie eine Statue, als er auf mich zukam und sich vor mich kniete. Er bot sich mir an, auf dass ich über ihn befehlen sollte, und ich fühlte mich nervös wie eine Jungfrau, wie eine Braut in der Hochzeitsnacht. Was ... lächerlich war.

Ich war Yseult. Hexe, *Holzmouwa*, Frau. Kein Mann machte mich nervös – es sei denn, ich ließ es zu.

Ich lächelte auf den großen Krieger hinab. Er grinste zurück und wartete kaum, bis ich das Haar zurückgeschüttelt hatte, bevor er den Saum meines Gewands hochzog. Dann drückte er das Gesicht an meinen Bauch, drehte es bald hierhin, bald dorthin, ehe er tiefer glitt und meinen Geruch einatmete.

Mühelos hob er mich hoch und trug mich zum Sofa. Ich streckte mich nach ihm. Aber statt zwischen meine Beine zu sinken und in mich zu pflügen, zwängte er meine Knie auseinander und leckte meine Mitte. Mein Rücken wölbte sich durch, mein Mund klappte auf – und wurde von Lars' Kuss begrüßt. Er und Ivar beanspruchten abwechselnd meine Lippen, während Magnus mich an tieferer Stelle bearbeitete. Ihre Hände streichelten meine Brüste, bis ich aufschrie. Die beiden entfernten sich von meinen Seiten, als sich Magnus über mir aufrichtete, seine Härte an meiner triefenden Mitte ansetzte und in mich stieß. Ich krümmte mich vor Lust, während seine Hüften arbeiteten und mich mit tiefen Stößen an den Rand der Ekstase trieben. Als er fertig war, zog er sich zurück, und Ivar und Lars nahmen mich zusammen, hart und schnell, einer von hinten, der andere von vorn. Lars ergriff mein Kinn, während ich an seiner Mannespracht leckte.

Sie verausgabten sich gleichzeitig, danach lag ich keuchend über dem Rand des Sofas. Tristan wartete immer noch an der Feuerstelle.

Ich senkte mich auf die Hände und Knie und kroch über den Läufer zu ihm. Zu seinen Füßen kauernd umklammerte ich seine Beine und neigte den Kopf nach oben, wölbte den Rücken durch und bot ihm meinen Leib dar.

»Nimm mich«, stieß ich atemlos hervor. »Befiel über mich.«

Er fasste nach unten und berührte mich an der Wange. Ich schloss die Augen, rieb das Gesicht an seiner Hand, während meine Finger damit beschäftigt waren, seine Kleidung zu lösen. Als ich die Hand um seine pralle Härte legte, lief mir das Wasser im Mund zusammen. Ich wartete, bis er mich nach vorn drückte, dann leckte und saugte ich nach Herzenslust. Mein gesamter Körper sehnte sich danach, ihn zu erfreuen.

Allzu bald legte er die Hand auf meinen Hinterkopf und half mir hoch, küsste meine Stirn, zog mich an sich und glitt in mich hinein. Ich schlang die Beine fest um seine Hüften und hielt ihn fest, während er sich in mir bewegte. Seine großen Hände packten meinen Hintern, und ich klammerte mich an ihm fest, die Arme um seine Schultern geschlungen, während sich meine inneren Muskeln um seine Männlichkeit zusammenzogen. Er gehörte mir, und ich würde ihn behalten. Niemals würde ich ihn gehen lassen.

Mit einem Schaudern entlud er sich in mir, bevor er mich auf das Sofa bettete. Ich lachte und küsste ihn, zog Ivar an mich und küsste auch ihn.

Lars gesellte sich auf dem Sofa zu mir und schmiegte sich an mich.

»Behalte uns, Yseult«, murmelte er. »Wir werden dich so glücklich machen. Wir werden dich für immer beschützen und ehren. Schick uns nicht weg.«

»Niemals«, flüsterte ich inbrünstig. »Ihr seid mein Herz.« Und ich lachte und lachte, als er mich mit seinem kitzligen blonden Bart küsste.

Tristan kam mit einem nassen Tuch herbei, und ich grinste ihn an, als er mich säuberte.

»Was jetzt?«, fragte ich und fühlte mich ausgeruht und erfrischt wie schon ewig nicht mehr.

»Was immer wir wollen.« Lars nahm meinen linken Busen in die Hand. Ivar, der auf der Armlehne kauerte, beugte sich herab und spielte mit dem rechten.

Magnus stand vor mir, starrte auf meine nackte Gestalt und massierte abwesend seinen Schritt. Er legte die Stirn in Falten.

»Wartet«, sagte er. »Wann bin ich damit an der Reihe, sie allein zu haben?«

***

KOSTENLOSES BUCH

Hol dir ein kostenloses Exemplar von *Gezeugt von den Berserkern* und *Eine Berserker-Geburt*, indem du dich für meinen Newsletter anmeldest.

Der dritte Teil von Daegans, Brennas und Samuels Geschichte. Lies den ersten Teil in Verkauft an die Berserker *und den zweiten in* Gepaart mit den Berserkern. *Diese Novelle ist kostenlos, ein Geschenk.*

https://BookHip.com/PKRMGC

DIE BERSERKER-SAGA

Verkauft an die Berserker
Gepaart mit den Berserkern
Entführt von den Berserkern
Übergeben an die Berserker
Gefordert von den Berserkern

DIE FRAUEN DER BERSERKER

Gerettet vom Berserker – Hasel und Knut
Gefangen von den Berserkern – Weide, Leif und Brokk
Verschleppt von den Berserkern – Salbei, Thorbjorn und Rolf

Gebunden an die Berserker – Laurel, Haakon und Ulf

Berserker-Nachwuchs – die Schwestern Brenna, Sabine, Muriel,
Fleur und ihre Gefährten

Die Nacht der Berserker – die Geschichte der Hexe Yseult

(demnächst)

Eigentum der Berserker – Farn, Dagg und Svein
Gezähmt von den Berserkern – Ampfer, Thorsteinn und Vik

Beherrscht von den Berserkern

EBENFALLS VON LEE SAVINO

Unschuld mit Stasia Black (Eine dunkle Liebesgeschichte)

Das Erwachen (Unschuld 2)

Königin der Unterwelt: Eine Dunkle Liebesgeschichte (Unschuld 3)

Die Gefangene des Biestes: Eine dunkle Romanze (Die Liebe des Biestes 1)

Die Rache des Biestes: Eine dunkle Romanze (Die Liebe des Biestes 2)

Der Soldat, der mich verführt

Draekons (Drachen im Exil) mit Lili Zander (Eine Sci-Fi Dreierbeziehung Romanze)

Draekon Gefährtin

Draekon Feuer

Draekon Herz

Draekon Entführung

Draekon Schicksal

Tochter der Dragons
Draekon Fieber
Draekon Rebellin
Draekon Festtag

DIE AUTORIN

Lee Savino ist *USA Today*-Bestsellerautorin. Außerdem ist sie Mutter und schokosüchtig. Sie hat eine ganze Reihe von Büchern geschrieben, die alle unter die Rubrik »smexy« Liebesgeschichten fallen. *Smexy* steht dabei für »smart und sexy«.

Sie hofft, dass euch dieses Buch gefallen hat.

Besucht sie unter:
www.leesavino.com

✺ Erstellt mit Vellum

www.ingramcontent.com/pod-product-compliance
Lightning Source LLC
Chambersburg PA
CBHW050143110726
47898CB00008B/2648